21世纪高职高专规划教材 电子信息基础系列

电工基础学习指导

王玉芳 瞿红 主编

清华大学出版社

北京

内 容 简 介

全书共分7章,主要内容包括电路的基本概念和基本定律、直流电阻电路的分析、正弦交流电路、三相正弦交流电路、非正弦周期性电流电路、动态电路的分析、磁路和铁心线圈。每一章都配有教学目的和要求、教学内容和要点、典型例题分析与解答、习题训练与练习,学生可以根据学习的要求,自行选择书中的章节和内容。在每章的最后,还有综合测试题,便于学生检查学习的效果。本书内容丰富,具有较强的综合性和典型性,可以帮助学生深刻理解电工基础的基本概念和定律,指导学生分析和思考问题,提高和拓宽解题思路,进而提高综合解题能力,从而能很好地掌握电工基础这门课程。

本书适合作为高职高专院校电类专业和非电类专业学习电工基础课程的辅导用书,也可供有关工程技术人员参考。

图书在版编目(CIP)数据

电工基础学习指导/王玉芳,瞿红主编. —北京:清华大学出版社,2011.4

(21世纪高职高专规划教材.电子信息基础系列)

ISBN 978-7-302-25059-3

I. ①电… II. ①王… ②瞿… III. ①电工学—高等职业教育—教学参考资料 IV. ①TM1

中国版本图书馆 CIP 数据核字(2011)第 040311 号

责任编辑:束传政　刘　青
责任校对:李　梅
责任印制:杨　艳

出版发行:清华大学出版社　　　　　　　　　地　　址:北京清华大学学研大厦 A 座
　　　　　http://www.tup.com.cn　　　　　　邮　　编:100084
　　　　　社　总　机:010-62770175　　　　邮　　购:010-62786544
　　　　　投稿与读者服务:010-62776969,c-service@tup.tsinghua.edu.cn
　　　　　质　量　反　馈:010-62772015,zhiliang@tup.tsinghua.edu.cn
印 装 者:北京市清华园胶印厂
经　　销:全国新华书店
开　　本:185×260　印　张:10　字　数:227 千字
版　　次:2011 年 4 月第 1 版　　　印　　次:2011 年 4 月第 1 次印刷
印　　数:1~4000
定　　价:20.00 元

产品编号:040321-01

前 言

本书作为高职高专院校电专业和非电专业学习"电工基础"课程的辅导用书,涵盖了"电工基础"的所有学习内容。

对于理工科的"电工基础"这门课程,学生在学习的过程中,普遍会有"一听就懂,一看就会,一做就错"的感受,只有多看、多学、多练,才能真正地理解和掌握每个知识点,直至全部内容。为了帮助学生深刻理解电工基础的基本概念和定律,指导学生分析和思考问题,提高和拓宽解题思路,进而提高综合解题能力,最终使学生能很好地掌握这门课程,我们编写了本书。

本书共有7章,各章都配有教学目的和要求、教学内容和要点、典型例题分析与解答、习题训练与练习,学生可以根据学习的要求,自行选择书中的章节和内容。在每章的最后,还有综合测试题,便于学生在学完之后检查学习效果。

本书由江西电力职业技术学院王玉芳、瞿红任主编,刘英、欧阳微频、杨菊梅任副主编。书中第1章和第2章由王玉芳编写,第3章和第5章由瞿红编写,杨菊梅编写了第4章,刘英编写了第6章,欧阳微频编写了第7章。最后由王玉芳和瞿红统一审阅。在编写过程中,还得到了教研室、系部和学院领导的大力支持,在此表示感谢。

由于编者水平有限,书中若有不当之处,敬请读者批评指正。

编 者

2010 年 11 月

目　录

电路的基本概念和基本定律

1.1 教学目的和要求

(1) 掌握电路模型、理想元件的概念。

(2) 理解电压、电流、电能、功率的概念。

(3) 理解电压、电流正负值和功率正负值的意义。

(4) 理解和掌握欧姆定律。

(5) 理解和掌握基尔霍夫电流定律和电压定律,并能以此分析简单直流电路。

(6) 掌握电位的概念、电位和电压的关系、电位的计算。

1.2 教学内容和要点

1.2.1 电路与电路模型

电流通过的路径称为电路,电路由电源、负载、中间环节三部分组成。由理想元件组成的电路称为电路模型,理想电路元件是对实际电路元件物理性质的科学抽象。电路的作用:一是完成电能的传输、分配和转换;二是完成信息的传递和处理。

1.2.2 电路的基本物理量

1. 电流

电荷有规则的定向运动形成电流。

电流强度是在电场的作用下单位时间内通过某一导体截面的电量,随时间而变化的电流强度 i 可表示为

$$i = \frac{\mathrm{d}q}{\mathrm{d}t}$$

电流的实际方向规定:正电荷的定向移动方向。

电流的单位是安[培]。

电流的参考方向称为假定正方向。当电流的实际方向与参考方向一致时,电流为正值;不一致时,电流为负值。

2. 电压

电场中任意两点的电位差，就是这两点之间的电压。

$$U_{ab} = \varphi_a - \varphi_b$$

电压的实际方向规定：从高电位点指向低电位点。

电压的单位是伏[特]。

电压的参考方向称为假定正方向。当电压的实际方向与参考方向一致时，电压为正值；不一致时，电压为负值。

3. 电位

电路中某点的电位等于该点到零电位点的电压。

4. 电功率

电压与电流参考方向是关联时，电功率表示为

$$P = UI$$

电压与电流参考方向是非关联时，电功率表示为

$$P = -UI$$

$P > 0$，表示元件吸收功率；$P < 0$，表示元件发出功率。

功率的单位是瓦[特]。

5. 电能

$$W = Pt$$

电能的单位是焦[耳]，它的另一个单位是千瓦时，俗称度。

$$1\text{kW} \cdot \text{h} = 3.6 \times 10^6 \text{J}$$

1.2.3　电路的基本定律

1. 欧姆定律

电压与电流参考方向是关联时，欧姆定律为

$$I = \frac{U}{R}$$

电压与电流参考方向是非关联时，欧姆定律为

$$I = -\frac{U}{R}$$

2. 基尔霍夫定律

（1）基尔霍夫电流定律（KCL）。在任一瞬间，流入电路某一节点的电流之和等于流出该节点的电流之和。

$$\sum I_入 = \sum I_出$$

或在任意瞬间，电路任一节点上电流的代数和恒等于零。

$$\sum I = 0$$

必须指出：该定律不仅适用于直流电路，还适用于交流电路，更可以推广到电路中的任一假想的封闭面。

（2）基尔霍夫电压定律（KVL）。在任一瞬间，沿任一闭合回路的各电压的代数和恒

等于零。

$$\sum U = 0$$

1.3　典型例题分析与解答

例 1-1　如图 1-1 所示,电路元件的端电压 $U = -12\text{V}$,电流 $I = 2\text{A}$,试求元件的功率,并说明元件的状态。

解　元件的电压和电流的参考方向是非关联参考方向,所以

$$P = -UI = -(-12) \times 2 = 24\text{W}$$

$P > 0$,元件吸收功率,为负载状态。

例 1-2　某教室有"220V,15W"日光灯 9 盏,每天使用 8 小时,一个月按 28 天计算,求该教室一个月耗电多少千瓦时(度)。

解　每小时的耗电千瓦时(度)数 $= \dfrac{\text{总功率(瓦)}}{1000}$

所以总耗电千瓦时数 $= \dfrac{15 \times 9}{1000} \times 8 \times 28 = 30.24\text{kW} \cdot \text{h}$

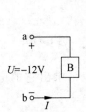

图 1-1　例 1-1 图

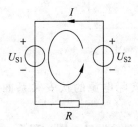

图 1-2　例 1-3 图

例 1-3　如图 1-2 所示,已知 $U_{S1} = 15\text{V}$,$U_{S2} = 5\text{V}$,$R = 5\Omega$,求电路的电流值,并计算出两电池的功率。说明功率平衡的意义。

解　对闭合回路列 KVL 方程

$$U_{S1} + RI - U_{S2} = 0$$

解得

$$I = -2\text{A}$$

15V 电池的功率

$$P_1 = U_{S1}I = 15 \times (-2) = -30\text{W} < 0 \quad (\text{发出功率})$$

5V 电池的功率

$$P_2 = -U_{S2}I = -5 \times (-2) = 10\text{W} > 0 \quad (\text{电池吸收功率})$$

5Ω 电阻的功率

$$P_R = I^2 R = 20\text{W} > 0$$

$$P_{吸} + P_{发} = 0$$

例 1-4　一直流电源,其额定功率 $P_N = 200\text{W}$,额定电压 $U_N = 50\text{V}$,电源内阻为 0.5Ω,负载电阻 R 可以调节,该电路如图 1-3 所示。求:(1)额定工作状态下的电流值和

负载电阻值；(2)开路状态下的电源的端口电压；(3)端口短路时的电流值。

解 (1)根据公式得到电流

$$I_N = \frac{P_N}{U_N} = \frac{200}{50} = 4A$$

端口的负载电阻

$$R = \frac{U_N}{I_N} = \frac{50}{4} = 12.5\Omega$$

(2)开路时,断开电压等于电源电动势,有

$$U = U_S - R_0 I = U_S = U_N + I_N R_0 = 50 + 4 \times 0.5 = 52V$$

(3)端口短路时,$U_N = 0$,负载电阻 $R = 0$,短路电流为

$$I = \frac{U_S}{R_0} = \frac{52}{0.5} = 104A$$

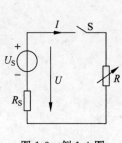

图 1-3 例 1-4 图

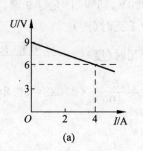

图 1-4 例 1-5 图

例 1-5 某实际电源的伏安关系曲线如图 1-4(a)所示,求出它的电压源串联模型电路。

解 实际电源的端口电压方程为

$$U = U_S - IR_0$$

当 $I = 0$ 时,$U = 9V$；当 $U = 6V$ 时,$I = 4A$。

将已知量代入方程得到电源的内阻为

$$R_0 = 0.75\Omega \quad U_S = 9V$$

电压源模型电路如图 1-4(b)所示。

例 1-6 如图 1-5 所示电路,求各电阻的电流。

解 对 b 点列 KCL 方程

$$3 + 2 - I_3 = 0$$

对 d 点列 KCL 方程

$$2 - 5 - I_1 = 0$$

对 a 点列 KCL 方程

$$3 + I_1 + I_2 = 0$$

各电阻的电流

$$I_1 = -3A \quad I_2 = 0 \quad I_3 = 5A$$

例 1-7 如图 1-6 所示电路,a、b 两点间处于开路状态,求开路的电压 U_{ab}。

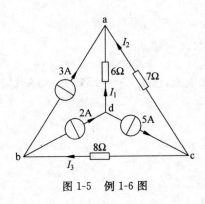

图 1-5 例 1-6 图

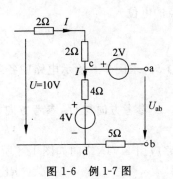

图 1-6 例 1-7 图

解 对左边部分列 KVL 方程

$$2I + 2I + 4I + 4 = 10$$

得电流

$$I = 0.75\text{A}$$

所以

$$U_{ab} = U_{ac} + U_{cd} + U_{db} = -2 + 4I + 4 = 5\text{V}$$

例 1-8 如图 1-7(a)所示电路中,求开关 S 断开和闭合两种情况下 a 点的电位。

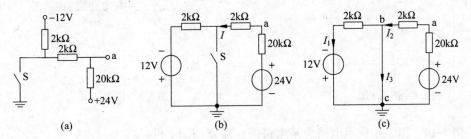

图 1-7 例 1-8 图

解 开关 S 断开时的等效电路图 1-7(b)所示,电路为单回路。列 KVL 方程得

$$2 \times 10^3 I + 2 \times 10^3 I - 12 - 24 + 20 \times 10^3 I = 0$$
$$I = 1.5\text{mA}$$

a 点的电位

$$V_a = -20 \times 10^3 I + 24 = -6\text{V}$$

当开关 S 闭合时的等效电路如图 1-7(c)所示。
由 $U_{bc} = 2 \times 10^3 I_1 - 12 = 0$,得

$$I_1 = 6\text{mA}$$

又 $U_{bc} = -2 \times 10^3 I_2 - 20 \times 10^3 I_2 + 24 = 0$,得

$$I_2 = \frac{12}{11}\text{mA} = 1.09\text{mA}$$

对 b 点列 KCL

$$I_1 + I_3 = I_2$$

得

$$I_3 = -\frac{54}{11}\text{mA} = -4.91\text{mA}$$

a 点的电位

$$V_a = 2 \times 10^3 I_2 = \frac{24}{11}\text{V} = 2.18\text{V}$$

例 1-9　求图 1-8 所示电路中各未知电压和电流,已知 $U_{S1} = 15\text{V}$,$I_S = 1\text{A}$,$U_{S2} = 5\text{V}$,$R = 5\Omega$。

解　U 参考方向与 U_{S1} 参考方向相反,故

$$U = -U_{S1} = -15\text{V}$$

对大回路应用 KVL,绕向如图 1-8 所示,有

$$RI_2 - U_{S1} + U_{S2} = 0$$

代入已知数据得

$$5I_2 - 15 + 5 = 0$$

即

$$I_2 = 2\text{A}$$

对节点 a 应用 KCL,有

$$I_1 = I_S - I_2 = 1 - 2 = -1\text{A}$$

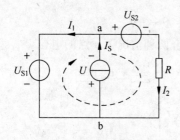

图 1-8　例 1-9 图

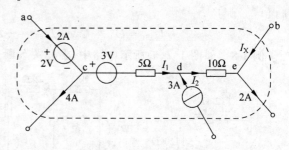

图 1-9　例 1-10 图

例 1-10　图 1-9 所示电路为某电路的一部分,求 I_X 和 U_{ab}。

解　对节点 c 应用 KCL,得

$$I_1 = 2 - 4 = -2\text{A}$$

对节点 d

$$I_2 = I_1 + 3 = -2 + 3 = 1\text{A}$$

对节点 e

$$I_X = 2 - I_2 = 2 - 1 = 1\text{A}$$

也可以用广义节点的概念,作一封闭面,如图 1-9 所示,有

$$I_X = 4 + 2 - 2 - 3 = 1\text{A}$$

而据 KVL

$$U_{ab} = 2 + 3 + 5I_1 + 10I_2 = 5 + 5 \times (-2) + 10 \times 1 = 5\text{V}$$

例 1-11　求图 1-10 所示电路中各独立电源的功率。

解　据欧姆定律,有

$$I_1 = \frac{10}{2} = 5\text{A}$$

对节点 b,据 KCL,有

$$I_2 = I_1 + 4 = 5 + 4 = 9\text{A}$$

而
$$U = -2 \times 4 = -8\text{V}$$

对节点 c,有
$$I_3 = I_1 - I_2 - 5U = 5 - 9 - 5 \times (-8) = 36\text{A}$$

对由边缘支路构成的大回路,有
$$U_2 = -U - 2I_3 + 2 - 10 = -(-8) - 2 \times 36 + 2 - 10 = -72\text{V}$$

所以
$$P_{2\text{V}} = -2I_3 = -2 \times 36 = -72\text{W}(\text{发出})$$
$$P_{4\text{A}} = -4U_2 = -4 \times (-72) = 288\text{W}(\text{吸收})$$
$$P_{10\text{V}} = -10I_2 = -10 \times 9 = -90\text{W}(\text{发出})$$

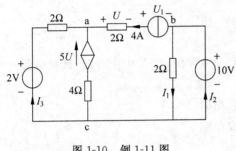

图 1-10　例 1-11 图

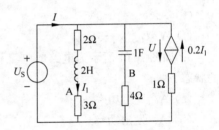

图 1-11　例 1-12 图

例 1-12　图 1-11 所示直流电路,已知 $I_1 = 2\text{A}$,求 U_S、I、U 及 B 点的电位 φ_B(以 A 点为参考点)。

解　此为直流稳态电路,电感元件视为短路,电容元件视为开路,按 KCL 或 KVL 直接求得

$$U_\text{S} = (2 + 3)I_1 = 5 \times 2 = 10\text{V}$$
$$I = I_1 - 0.2I_1 = 0.8I_1 = 0.8 \times 2 = 1.6\text{A}$$
$$U = U_\text{S} + 0.2I_1 = 10 + 0.2 \times 2 = 10.4\text{V}$$
$$\varphi_\text{B} = -U_{\text{AB}} = U_{\text{BA}} = -3I_1 = -3 \times 2 = -6\text{V}$$

1.4　习题训练与练习

1.4.1　电路的基本概念

一、填空题

1. 电路是由_____组成的。

2. 负载是取用电能的装置,它的功能包括_____。

3. 电流的实际方向规定为_____。

4. 电压的规定方向是由_____电位指向_____电位。

5. 换算下列单位。

10kV=_____V　36mV=_____V　100mA=_____A　28μA=_____A

1kW=_____W　1mW=_____W　2.5 度=_____kW·h

二、选择题

1. 选择如图 1-12 所示支路电流的实际方向。

(a) A. a→b　　　　　　B. b→a

(b) A. a→b　　　　　　B. b→a

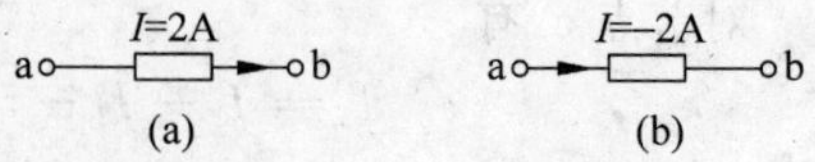

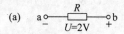

图　1-12

2. 如图 1-13 所示支路电压的参考方向,选择正确的电压值。

(a) A. $U_{ab}=2V$　　　　　　B. $U_{ba}=2V$

(b) A. $U_{ab}=-2V$　　　　　B. $U_{ba}=-2V$

(c) A. $U_{ab}=+5V$　　　　　B. $U_{ba}=+5V$

(d) A. $U_{ab}=+5V$　　　　　B. $U_{ba}=+5V$

(e) A. $U_{ab}=-5V$　　　　　B. $U_{ba}=-5V$

(f) A. $U_{ab}=-5V$　　　　　B. $U_{ba}=-5V$

3. 如图 1-14 所示为电路的电流和电动势的参考方向,且 E 为正方向,选择电源处于的状态。

(a) A. 发出功率　　　　　　B. 吸收功率

(b) A. 发出功率　　　　　　B. 吸收功率

三、计算题

1. 求如图 1-15 所示各元件的功率,并说明是吸收功率还是发出功率。

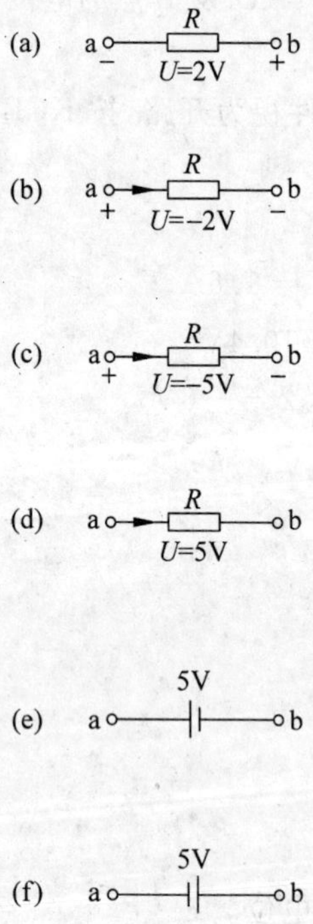

(a) a—[R]—b $U=2V$ (− +)

(b) a—[R]—b $U=-2V$ (+ −)

(c) a→[R]—b $U=-5V$ (+ −)

(d) a→[R]—b $U=5V$

(e) a—||—b 5V

(f) a—||—b 5V

图　1-13

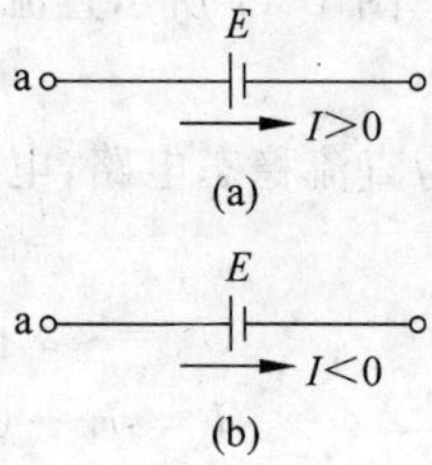

(a) a—||—b E $I>0$

(b) a—||—b E $I<0$

图　1-14

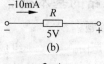

(a) 3A　6V　(+ −)

(b) −10mA →　R　5V　(− +)

(c) 2mA →　6V　(− +)

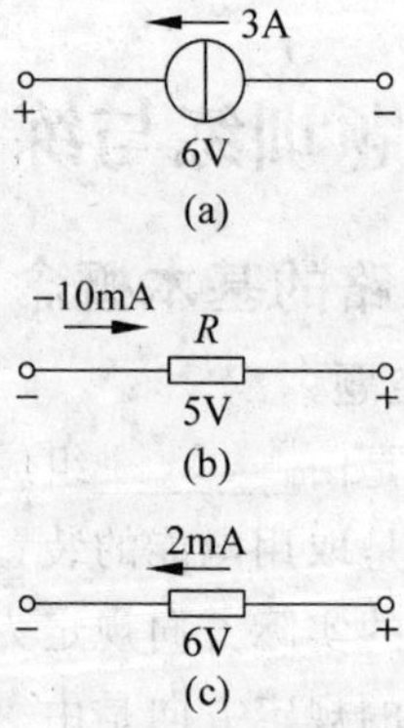

图　1-15

2. 计算图 1-16 中的电路的功率。

3. 计算图 1-17 中电路的各元件的功率。

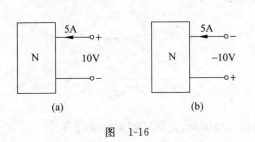
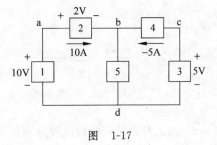

图　1-16　　　　　　　　　　　图　1-17

1.4.2　电阻元件和欧姆定律

一、填空题

1. 在关联参考方向下,电阻端电压为 1V,电流为 10mA,则电阻 R 为_____Ω。

2. 在非关联参考方向下,电阻为 1kΩ,电压为 2V,电流为_____A。

3. 当电阻值一定时,电流和电压成_____比;当电压为定值时,电流与电阻成_____比。

4. 一个"220V,25W"的灯泡,其额定电流为_____A,电阻 R 为_____Ω。

5. 某电阻的伏安特性如图 1-18 所示,则其电阻值 $R=$_____Ω,它是属于_____性电阻元件。

二、选择题

1. 试选择图 1-19 所示电路的电流。

(a) A. $I=2A$　　　　　　　　B. $I=-2A$

(b) A. $I=2A$　　　　　　　　B. $I=-2A$

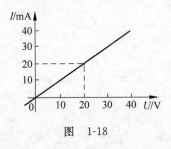
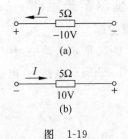

图　1-18　　　　　　　　　　图　1-19

2. 如图 1-20 所示电路的电压 U 为(　　)。

A. RI　　　　　　　　B. $-RI$

3. 试根据图 1-21 所示电路的电流、电压参考方向,选择电流的计算公式。

(a) A. $I=\dfrac{U}{R}$　　　　　　　B. $I=-\dfrac{U}{R}$

(b) A. $I=\dfrac{U}{R}$　　　　　　　B. $I=-\dfrac{U}{R}$

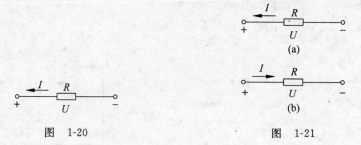

图 1-20   图 1-21

4. 两元件的伏安特性曲线分别如图 1-22(a)、(b)所示,适用欧姆定律的元件是(   )。

　　A. 线性　　　　　　　　　　B. 非线性

5. 一般金属导体具有正的温度数,当环境温度升高时,电阻值将(   )。

　　A. 增大　　　　　　　　　　B. 减小

6. 试选择图 1-23 所示电路的电阻 R_{ab}、R_{cd},图中开关 S_1 打开,S_2 合上。其中正确的一组为(   )。

　　A. $R_{ab}=0$,$R_{cd}=10\Omega$　　　　　B. $R_{ab}=\infty$,$R_{cd}=0$

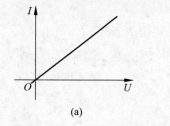
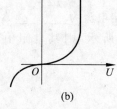
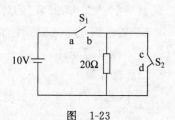

图 1-22   图 1-23

1.4.3　基尔霍夫定律

一、填空题

1. 图 1-24 所示电路中,$I=$_____ A。

2. 图 1-25 所示电路中,电流 $I_1=$_____,$I_2=$_____。

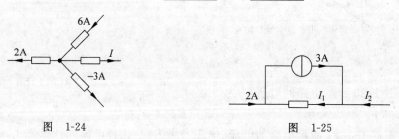

图 1-24   图 1-25

3. 如图 1-26 所示,每条线段表示一个二端元件,求图中的未知电流。图 1-26(a)中,$I_1=$_____,$I_2=$_____,$I_3=$_____。图 1-26(b)中,$I_1=$_____,$I_2=$_____,$I_3=$_____。

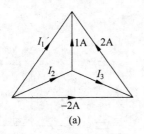 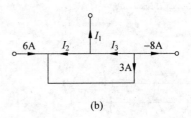

$$图　1\text{-}26$$

4. 图 1-27 所示的电路中,未知电流 $U_1=$ _____ , $U_2=$ _____ 。

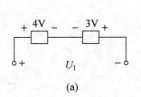 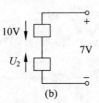

$$图　1\text{-}27$$

5. 如图 1-28 所示电路中电压 $U=$ _____ ,电流 $I=$ _____ 。

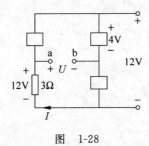 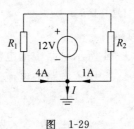

$$图　1\text{-}28 \qquad\qquad 图　1\text{-}29$$

二、选择题

1. 如图 1-29 所示电路,电流 I 为(　　)。

　A. $-1A$ 　　　　　B. $3A$ 　　　　　C. $1A$ 　　　　　D. 0

2. 图 1-30 中,节点 A 的 KCL 方程是(　　)。

　A. $I_A+I_B+I_C=0$ 　　　　　　　B. $I_A-I_2-I_1=0$

　C. $I_A+I_2-I_1=0$ 　　　　　　　D. $I_A+I_1-I_2=0$

3. 如图 1-31 所示电路中,电流 I 为(　　)。

　A. $-1A$ 　　　　　　　　　　　B. 0

　C. $1A$ 　　　　　　　　　　　D. 无法判断

4. 在图 1-32 所示的电路中,回路的方程是(　　)。

　A. $U_1+U_2+U_3=0$ 　　　　　　B. $U_1-U_2-U_3=0$

　C. $-U_1+U_2-U_3=0$ 　　　　　D. $U_1=U_2+U_3$

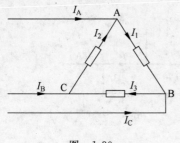

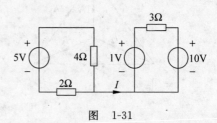

图　1-30

图　1-31

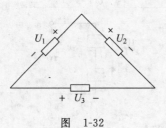

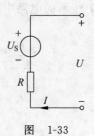

图　1-32

图　1-33

5. 图 1-33 所示电路中,电压 U 为(　　)。

A. $U_S - RI$　　　　　　　　　B. $U_S + RI$

C. $-U_S - RI$　　　　　　　　D. $-U_S + RI$

三、计算题

1. 求图 1-34 所示电路中的电流 I_1 和 I_2 值。

2. 求图 1-35 所示电路中电流源电压、电流 I_C 值。

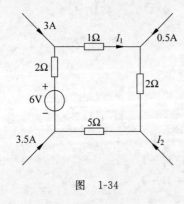

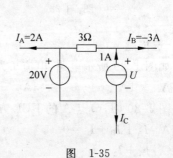

图　1-34

图　1-35

3. 求图 1-36 所示电路中 U_1、U_2、U_3 的值。

4. 根据已知条件求图 1-37 所示电路的 U_{ab}。

5. 计算图 1-38 所示电路中的电流值。

6. 如图 1-39 所示,(1)当开关 S 打开时,ab 间的电压是多少? (2)当开关 S 闭合时,电流 I 是多少?

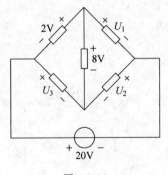

图 1-36

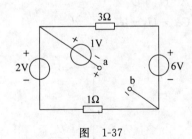

图 1-37

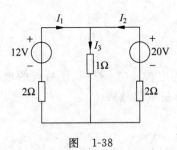

图 1-38

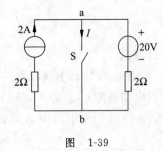

图 1-39

1.4.4 电位

一、填空题

1. 若电路中，$V_a = 3V$，$V_b = -7V$，则 $U_{ab} = $ _____，$U_{ba} = $ _____。

2. 电位的参考点用"⊥"表示，该点的电位是 _____。

3. 若 $U_{ab} = 3V$，则 V_a _____ V_b；若 $U_{ab} = -3V$，则 V_a _____ V_b（填"大于"、"小于"或"等于"）。

4. 若 $V_a = V_b$，则 a、b 两点是 _____。

5. 图 1-40 所示为电路的一个支路，若以 B 为参考点，A 点的电位是 _____，$U_{AB} = $ _____；若以 C 为参考点，B 点的电位是 _____，$U_{AB} = $ _____。

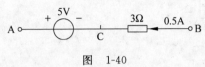

图 1-40   图 1-41

二、选择题

1. 图 1-41 所示的电路中，以 B 为参考点，电位 V_A 为（ ）。

A. $RI + U_S$ B. $RI - U_S$

C. $-RI - U_S$ D. $U_S - RI$

2. 如图 1-42 所示，a、c 两点的电位分别是（ ）。

A. $V_a = U_1$ $V_c = U_3$ B. $V_a = U_1$ $V_c = -U_3$

C. $V_a = -U_1$ $V_c = U_3$ D. $V_a = -U_1$ $V_c = -U_3$

3. 在图 1-42 中,若将参考点改在 c 点,则 U_{ac} 为（   ）。

A. $U_3 + U_1$ B. $-U_3 + U_1$

C. $-U_3 - U_1$ D. $U_3 - U_1$

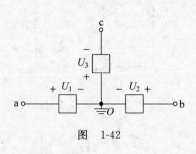

图　1-42

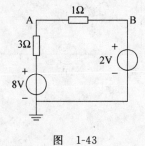

图　1-43

三、计算题

1. 一电路如图 1-43 所示,求:(1)A、B 两点的电位;(2)若 A、B 两点的电位都是 2V,试分析电路故障;(3)若 $V_A = 8V, V_B = 2V$,试分析电路故障。

2. 求图 1-44 所示电路中 A 点的电位。

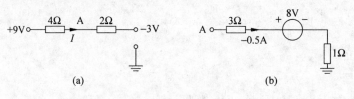

(a)   (b)

图　1-44

3. 求图 1-45 所示电路中 a、b 两点的电位。

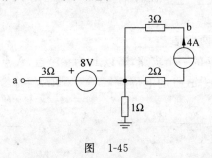

图　1-45

1.5　综合测试题

一、填空题

1. 电路元件的电压和电流的参考方向是关联参考方向时,功率的公式 $P =$ _____;当电压和电流的参考方向是非关联参考方向时,功率的公式 $P =$ _____。对功率的计算结果,当 $P > 0$,则元件_____功率;$P < 0$,则元件_____功率。

2. 电路中某点的电位值与参考点的选择_____关；而电路任意两点间的电压与参考点的选择_____关。

3. "40W，220V"的灯泡，所允许的工作电流是_____安，其每天工作 6 小时，一个月按 28 天计算，一个月耗电_____千瓦时。

4. 一只表头 $I_g = 100\mu A$、$R_g = 1k\Omega$，改装成一量程为 $0\sim10V$ 的直流电压表，应_____联电阻，电阻值是_____。

5. 上题的表头改制成一量程为 $0\sim10A$ 的直流电流表，应_____联电阻，电阻值是_____。

二、计算题

1. 如图 1-46 所示，分别计算各元件的功率。

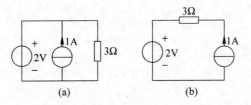

图 1-46

2. 写出图 1-47 所示各电路的伏安关系式。

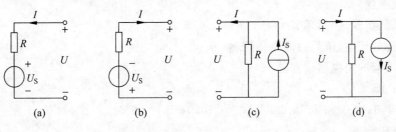

图 1-47

3. 求图 1-48 所示电路中各支路的电流。

4. 在图 1-49 中，试计算：(1)S 打开时 2Ω 电阻的电流和 ab 间的电压；(2)S 闭合时 2Ω 电阻的电流。

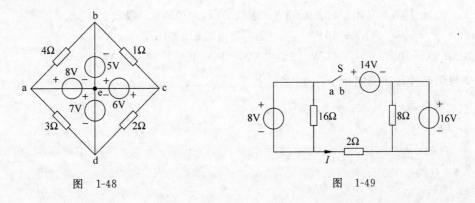

图 1-48

图 1-49

5. 求图 1-50 所示电路中各支路的电流。

6. 求图 1-51 所示电路中 A 点的电位。

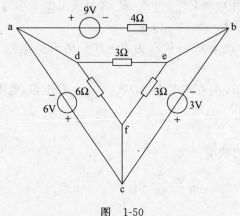

图 1-50

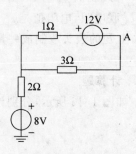

图 1-51

1.6　习题答案

1.4.1 电路的基本概念

一、填空题

1. 电源、负载、中间环节

2. 电能的传输、信号的传递和处理

3. 正电荷的定向移动方向

4. 高；低

5. 10 000；0.036；0.1；2.8×10^{-5}；1000；10^{-3}；2.5

二、选择题

1. (a) A　(b) B

2. (a) B　(b) A　(c) B　(d) A　(e) B　(f) A

3. (a) A　(b) B

三、计算题

1. (a) $-18W$；发出　(b) 0.05W；吸收　(c) 0.012W；吸收

2. (a) $-50W$　(b) $-50W$

3. $P_1 = -100W$　$P_2 = 20W$　$P_3 = 25W$　$P_4 = 15W$　$P_5 = 40W$

1.4.2 电阻元件和欧姆定律

一、填空题

1. 100

2. -2×10^{-3}

3. 正；反

4. 1936

5. 1；线

二、选择题

1. (a) A　(b) A

2. A

3. (a) B　(b) A

4. A

5. A

6. B

1.4.3 基尔霍夫定律

一、填空题

1. 7

2. 1A；−2A

3. −3A；5A；4A

4. 1V；3V

5. 4V；4A

二、选择题

1. D　2. C　3. B　4. C　5. A

三、计算题

1. 1.2A；−7A

2. 32V；1A

3. 22V；−14V；6V

4. 2V

5. 2A；6A；8A

6. 24V；−8A

1.4.4 电位

一、填空题

1. 10V；−10V

2. 0

3. 大于；小于

4. 等电位

5. 3.5V；3.5V

二、选择题

1. D　2. B　3. C

三、计算题

1. (1) 2V；3.5V　(2) 3Ω 处开路　(3) 1Ω 处开路

2. (a) 1V　(b) 6V

3. 8V；12V

1.5 综合测试题

一、填空题

1. UI；$-UI$；吸收；发出

2. 有；无

3. 0.18；6.72

4. 串；99kΩ

5. 并；约0.01Ω

二、计算题

1. (a) $P_V = \dfrac{2}{3}$W $P_i = -2$W $P_R = \dfrac{4}{3}$W   (b) $P_V = 2$W $P_i = -5$W $P_R = 3$W

2. (a) $U = U_s + RI$ (b) $U = -U_s - RI$ (c) $I = I_s - \dfrac{U}{R}$ (d) $I = I_s + \dfrac{U}{R}$

3. 各支路电流分别是

$I_{ab} = \dfrac{13}{4}$A $I_{bc} = -11$A $I_{be} = \dfrac{57}{4}$A $I_{cd} = \dfrac{13}{2}$A $I_{da} = -5$A $I_{ce} = -\dfrac{35}{2}$A

$I_{ed} = -\dfrac{23}{2}$A $I_{ea} = \dfrac{33}{4}$A

4. (1) 0；-8V   (2) 11A

5. 各支路电流分别是

$I_{ab} = -3$A $I_{ad} = -2$A $I_{de} = -1$A $I_{bc} = -3$A $I_{be} = 0$ $I_{ef} = -1$A

$I_{ac} = 5$A $I_{cf} = 2$A $I_{fd} = 1$A

6. -4V

第 2 章

直流电阻电路的分析

2.1 教学目的和要求

（1）理解无源二端网络概念,学会电阻的串联、并联、混联电路的计算。

（2）了解星形(Y)、三角形(△)连接及其电阻网络等效变换。

（3）理解有源二端网络的两种电源的等效变换及解题方法。

（4）掌握用支路法、网孔法、节点电位法、叠加定理、戴维南定理、诺顿定理分析计算电路。

2.2 教学内容和要点

2.2.1 电阻的连接

（1）若干个电阻首尾依次连接,通过同一电流,这样的连接法称为电阻的串联。如图 2-1(a)所示,电压是 U,电流为 I,有 n 个电阻串联。等效电阻如图 2-1(b)所示。等效电阻 R 为

$$R = R_1 + R_2 + \cdots + R_n$$

各电阻上的电压关系是

$$U_1 : U_2 : \cdots : U_n = R_1 : R_2 : \cdots : R_n$$

若只有两个电阻 R_1、R_2 串联时,有分压公式

$$\begin{cases} U_1 = \dfrac{R_1}{R_1 + R_2} U \\ U_2 = \dfrac{R_2}{R_1 + R_2} U \end{cases}$$

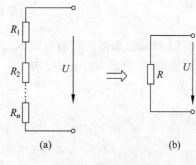

图 2-1　电阻的串联

（2）若干个电阻并排连接,如图 2-2(a)所示,等效电阻 R 与各支路电阻关系为

$$\frac{1}{R} = \frac{1}{R_1} + \frac{1}{R_2} + \cdots + \frac{1}{R_n}$$

用电导表示为

$$G = G_1 + G_2 + \cdots + G_n$$

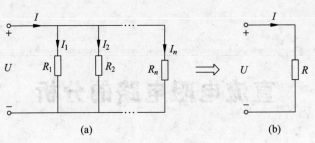

图 2-2 电阻的并联

并联电阻各支路电流的分配关系是

$$I_1 : I_2 : \cdots : I_n = G_1 : G_2 : \cdots : G_n$$

当电路中只有两个电阻 R_1、R_2 并联时,如图 2-3 所示,其电流 I_1、I_2 的分配关系是

$$\begin{cases} I_1 = \dfrac{R_2}{R_1 + R_2} I \\[2mm] I_2 = \dfrac{R_1}{R_1 + R_2} I \end{cases}$$

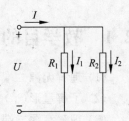

图 2-3 两个电阻的并联

(3) 电阻的星形和三角形连接。常见的是星形(丫)和三角形(△)连接的三端网络,如图 2-4(a)、(b)所示。

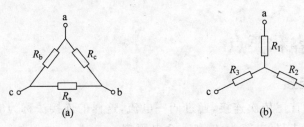

图 2-4 电阻的丫—△连接

① 已知三角形连接的电阻 R_a、R_b、R_c 如图 2-4(a)所示,等效变换为图 2-4(b)所示的星形连接,电阻值 R_1、R_2、R_3 为

$$\begin{cases} R_1 = \dfrac{R_b R_c}{R_a + R_b + R_c} \\[3mm] R_2 = \dfrac{R_a R_c}{R_a + R_b + R_c} \\[3mm] R_3 = \dfrac{R_a R_b}{R_a + R_b + R_c} \end{cases}$$

② 将星形连接的电阻等效变换成三角形连接时,R_a、R_b、R_c 与 R_1、R_2、R_3 的关系为

$$\begin{cases} R_a = \dfrac{R_1 R_2 + R_2 R_3 + R_3 R_1}{R_1} \\[3mm] R_b = \dfrac{R_1 R_2 + R_2 R_3 + R_3 R_1}{R_2} \\[3mm] R_c = \dfrac{R_1 R_2 + R_2 R_3 + R_3 R_1}{R_3} \end{cases}$$

特别地,当星形网络的全部电阻相等,即 $R_1 = R_2 = R_3$ 时,其等效的三角形连接的电阻也一定相等,即 $R_a = R_b = R_c$,且

$$R_\triangle = 3R_Y$$

2.2.2　两种电源的等效变换

实际电源的电压源模型和电流源模型等效互换的关系是

$$I_s = \frac{U_s}{R_s} \quad 或 \quad U_s = R_s I_s$$

并且等效是对外电路而言的。对内一般都不等效。

2.2.3　支路电流法

支路电流法是以支路电流为未知量,应用 KCL、KVL 列出节点电流方程和回路电压方程,从而建立与未知量(支路数)相等的独立方程数。求解方程,就可以得到各支路电流。

电路所列 KCL 的有效方程数 ＝ 节点数 －1

电路所列 KVL 的有效方程数 ＝ 网孔数

2.2.4　网孔法

网孔电流法是以网孔电流为变量列出电路方程(组)求解电路的方法,简称网孔法。网孔法只适用于平面电路。

2.2.5　节点电位法

节点电位法是以节点电压为未知量,应用 KCL 列出节点电流方程,然后用节点电压来表示各支路电流代入节点电流方程,求解方程得到各支路电流。

2.2.6　叠加定理

叠加定理是线性电路的基本定理。在线性电路中,如果有几个电压源和电流源同时作用时,在某一支路上产生的电流(或电压),等于各个电压源和电流源单独作用时分别在该支路上所产生的电流(或电压)的代数和。

应用叠加定理时应注意以下几点。

(1) 在求各个电源单独作用时的分量电流(或电压),要使电路中其他电源置零,即把电压源短路,电流源开路,但电路的电阻应保留。

(2) 叠加计算各电源单独作用时的分量电流(或电压)代数和时,注意分量电流(或电压)参考方向和原电路中的参考方向相同时取正值,方向不同时取负值。

(3) 叠加原理适用于线性电路中电流和电压的计算,但不适用于功率计算,另外,叠加原理也不适用于非线性电路。

2.2.7　等效电源定理

1. 戴维南定理

任意一个线性有源二端网络总可以用一个电压源电路等效代替,该电压源的电压等于有源二端网络的开路电压,电压源的内阻等于该有源二端网络化为相应无源二端网络的等效电阻。

2. 诺顿定理

任意一个线性有源二端网络总可以用一个电流源电路等效代替,该电流源的电流等于有源二端网络的短路电流,电流源的内阻等于该有源二端网络化为相应无源二端网络的等效电阻。

3. 最大功率输出条件

当负载电阻等于端口的戴维南等效电阻值时,端口负载获得最大功率

$$P_{\max} = \frac{U_{\text{OC}}^2}{4R_0}$$

电路的这种状态称为"匹配"。

2.3　典型例题分析与解答

例 2-1　求图 2-5 所示网络 ab 间的等效电阻。

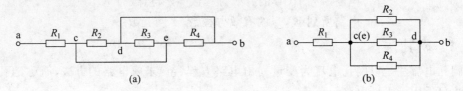

图 2-5　例 2-1 图

解　对不易直接判断各电阻之间的串联并联关系的电路,求等效电阻可以遵循下面两个原则。(1)找电阻的等电位点。如图 2-5(a)中,c 和 e 点为等电位点,d 和 b 点为等电位点。(2)找电阻的首和尾。如图 2-5(a)中 R_1 的尾与 R_2、R_3、R_4 的首相连接,而后 R_2、R_3、R_4 的尾又连接在同一点 b。根据上述两个原则,图 2-5(a)的电路可以简化为图 2-5(b)。

例 2-2　试求图 2-6(a)所示电路的等效电阻。

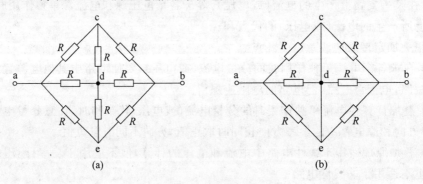

图 2-6　例 2-2 图

解　此网络的特点是由 cde 将电路分成左右电路结构和参数完全相同的两个网络。若电流 I 由 a 流入,b 点流出,则支路 ac、ad、ae 电流必然相等,而 c、d、e 这 3 点定为等电位,即 cd、de 中的电流为零。所以可以将 cde 间短路,将图 2-6(a)所示电路等效为图 2-6(b)所示电路。ab 间的等效电阻为

$$R_{ab} = \frac{R}{3} + \frac{R}{3} = \frac{2}{3}R$$

同样地,也可以将 c、d、e 这 3 点间开路,得到

$$R_{ab} = \frac{1}{\frac{1}{2R} + \frac{1}{2R} + \frac{1}{2R}} = \frac{2}{3}R$$

例 2-3 电路如图 2-7(a)所示,求电流 I_{ab}。

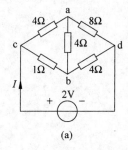 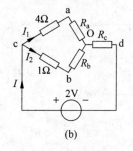 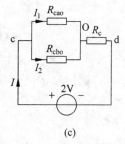

图 2-7 例 2-3 图

解 先把图 2-7(a)所示网络等效变换成图 2-7(b)电路,求出等效的电阻值。

$$R_a = \frac{4 \times 8}{4 + 4 + 8} = 2\Omega$$

$$R_b = \frac{4 \times 4}{4 + 4 + 8} = 1\Omega$$

$$R_c = \frac{4 \times 8}{4 + 4 + 8} = 2\Omega$$

将图 2-7(b)进一步简化为图 2-7(c)所示的电路,其中

$$R_{cao} = 4 + 2 = 6\Omega$$

$$R_{cbo} = 1 + 1 = 2\Omega$$

故

$$I = \frac{2}{\frac{6 \times 2}{6 + 2} + 2} = \frac{4}{7}A$$

$$I_1 = \frac{2}{6 + 2} \times \frac{4}{7} = \frac{1}{7}A$$

$$I_2 = \frac{3}{7}A$$

由图 2-7(b)得 ab 间的电压

$$U_{ab} = -4I_1 + I_2 = -\frac{1}{7}V$$

所以

$$I_{ab} = \frac{-\frac{1}{7}}{4} = -0.04A$$

例 2-4 将图 2-8(a)电路等效变换为电流源模型;将图 2-8(b)电路等效变换为电压源模型。

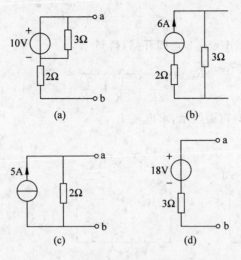

图 2-8   例 2-4 图

解   应用电压源模型与电流源模型等效变换关系将图 2-8(a)和图 2-8(b)变换为图 2-8(c)和图 2-8(d)。

例 2-5   利用两种电源的等效变换求图 2-9(a)所示电路的电流 I。

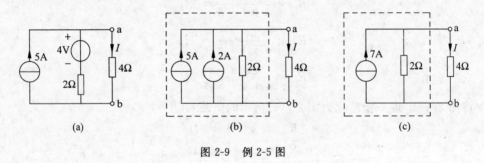

图 2-9   例 2-5 图

解   图 2-9(a)中对于 4Ω 的电阻而言,虚线方框内 4V 电压源与 2Ω 电阻串联的支路等效变换成 2A 电流源与 2Ω 电阻并联,如图 2-9(b)所示,合并两电流源后如图 2-9(c)所示,根据分流公式

$$I = \frac{2}{2+4} \times 7 = 2.33A$$

例 2-6   试用电压源与电流源等效变换的方法,计算图 2-10(a)所示电路中 2Ω 电阻的电流。

解   图 2-10(a)中,aed 和 afd、bc 支路等效变换后为图 2-10(b),合并后如图 2-10(c)所示。简化后电路如图 2-10(d)所示。2Ω 电阻的电流为

$$I = 1A$$

例 2-7   用等效变换的方法求图 2-11(a)所示电路中 6Ω 电阻的电流。

解   这是一个 CCCS 的电路,由于受控电流源的控制量是 I,所以在变换过程中,6Ω

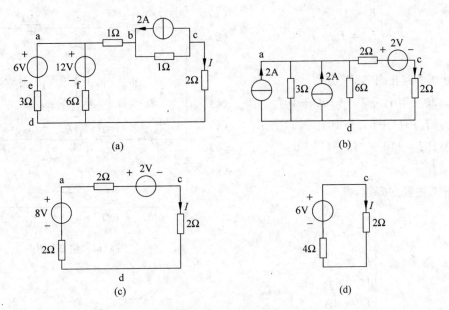

图 2-10 例 2-6 图

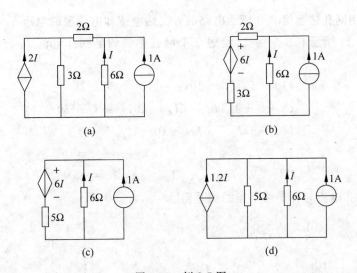

图 2-11 例 2-7 图

电阻的支路是不能简化去掉的。变换过程由图 2-11(b)到图 2-11(c),由图 2-11(d)可得到

$$-I = \frac{5}{5+6}(1.2I+1)$$

$$I = -\frac{5}{17} = -0.29\text{A}$$

例 2-8 用支路法求图 2-12 所示电路的各支路电流和电流源的电压。

解 对 a、b、c 节点列 KCL 方程

$$\begin{cases} I_1 + I_2 = I_5 & \text{(1)} \\ I_5 = I_4 + I_6 & \text{(2)} \\ I_6 = I_3 + I_1 & \text{(3)} \end{cases}$$

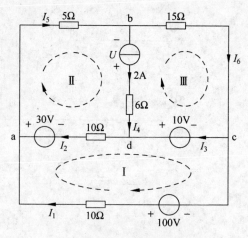

图 2-12   例 2-8 图

对 3 个网孔列 KVL 方程

$$\begin{cases} 30 - 10I_2 + 10 - 100 + 10I_1 = 0 & \text{(4)} \\ 5I_5 - U + 6I_4 + 10I_2 - 30 = 0 & \text{(5)} \\ 15I_6 - 10 - 6I_4 + U = 0 & \text{(6)} \\ I_4 = 2 & \text{(7)} \end{cases}$$

解上述联立方程,得

$$\begin{cases} I_1 = 5A \\ I_2 = -1A \\ I_3 = -3A \\ I_5 = 4A \\ I_6 = 2A \\ U = -8V \end{cases}$$

例 2-9　用网孔法解例 2-8 所示电路的各支路电流和电流源的电压。

解　图 2-13 所示有 3 个网孔,设想 3 个网孔中流的是网孔电流 $I_{\rm I}$、$I_{\rm II}$、$I_{\rm III}$,分别列网孔方程

$$\begin{cases} (10+10)I_{\rm I} - 10I_{\rm II} = 100 - 30 - 10 \\ (5+6+10)I_{\rm II} - 6I_{\rm III} - 10I_{\rm I} = U + 30 \\ (15+6)I_{\rm III} - 6I_{\rm II} = 10 - U \\ I_{\rm II} - I_{\rm III} = 2 \end{cases}$$

解得　　　　$I_{\rm I} = 5A$　$I_{\rm II} = 4A$　$I_{\rm III} = 2A$　$U = -8V$

由图中网孔电流与各支路电流的关系得

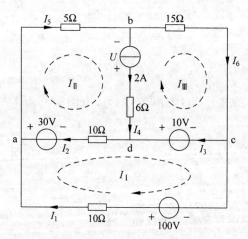

图 2-13   例 2-9 图

$$\begin{cases} I_5 = I_{\rm II} \\ I_6 = I_{\rm III} \\ I_1 = I_{\rm I} \\ I_4 = I_{\rm II} - I_{\rm III} \\ I_2 = I_{\rm II} - I_{\rm I} \\ I_3 = I_{\rm III} - I_{\rm I} \end{cases}$$

解得　$I_1 = 5A$　$I_2 = -1A$　$I_3 = -3A$

$I_5 = 4A$　$I_6 = 2A$　$U = -8V$

例 2-10　如图 2-14 所示,分别以 c、b 为参考点,用节点电位法求各支路电流。

解　本题 $U_{ab} = 20V$,设该支路电流为

I_4，c 点为参考点，即 $\varphi_c = 0$。

分别对 a、b 节点列节点方程

$$\begin{cases} \varphi_a\left(\dfrac{1}{5}+\dfrac{1}{20}+\dfrac{1}{4}\right)-\varphi_b\left(\dfrac{1}{4}\right)=\dfrac{15}{5}+\dfrac{10}{4}-I_4 \\[2mm] \varphi_b\left(\dfrac{1}{10}+\dfrac{1}{20}+\dfrac{1}{4}\right)-\varphi_a\left(\dfrac{1}{4}\right)=-\dfrac{10}{4}+\dfrac{4}{10}+I_4 \\[2mm] \varphi_a-\varphi_b=20 \end{cases}$$

解得 $\qquad\qquad\qquad\qquad \varphi_a=16\text{V} \quad \varphi_b=-4\text{V}$

由 $\qquad\qquad\qquad\qquad U_{ac}=15-5I_1=16\text{V}$

得 $\qquad\qquad\qquad\qquad I_1=-\dfrac{1}{5}\text{A}$

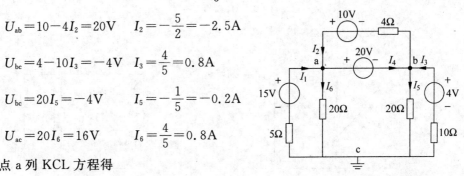

图 2-14　例 2-10 图

同理 $U_{ab}=10-4I_2=20\text{V} \quad I_2=-\dfrac{5}{2}=-2.5\text{A}$

$\qquad U_{bc}=4-10I_3=-4\text{V} \quad I_3=\dfrac{4}{5}=0.8\text{A}$

$\qquad U_{bc}=20I_5=-4\text{V} \quad I_5=-\dfrac{1}{5}=-0.2\text{A}$

$\qquad U_{ac}=20I_6=16\text{V} \quad I_6=\dfrac{4}{5}=0.8\text{A}$

对节点 a 列 KCL 方程得

$$I_4=-\dfrac{7}{2}=-3.5\text{A}$$

若以 b 为参考点，即 $\varphi_b=0$，分别对 a、b 节点列节点方程

$$\begin{cases} \varphi_a=20 \\[2mm] \varphi_c\left(\dfrac{1}{5}+\dfrac{1}{20}+\dfrac{1}{20}+\dfrac{1}{10}\right)-\varphi_a\left(\dfrac{1}{5}+\dfrac{1}{20}\right)=-\dfrac{15}{5}-\dfrac{4}{10} \end{cases}$$

解得 $\qquad\qquad\qquad\qquad \varphi_c=4\text{V}$

对各支路列 KVL 方程，得到各支路电流

$$I_2=-\dfrac{5}{2}=-2.5\text{A}$$

$$I_3=\dfrac{4}{5}=0.8\text{A}$$

$$I_5=-\dfrac{1}{5}=-0.2\text{A}$$

$$I_6=\dfrac{4}{5}=0.8\text{A}$$

对节点 a 列 KCL 方程得

$$I_4=-\dfrac{7}{2}=-3.5\text{A}$$

通过本题，可以看到，用节点电位方程解题时，选择参考点不同，解题简易程度有很大变化。

例 2-11 用节点法求图 2-15 所示电路的各支路电流。

解 以 C 为参考点，则 $\varphi_A = 8V$，对 D、B 列节点方程

$$\begin{cases} \varphi_D(0.4+0.2+0.4) - 0.2\varphi_B - 0.4\varphi_A = 0 \\ \varphi_B(0.7+0.2+0.1) - 0.2\varphi_D - 0.7\varphi_A = 0 \end{cases}$$

解得

$$\varphi_B = 6.5V \quad \varphi_D = 4.5V$$

按图中电流参考方向，求得

$$I_1 = 1.05A \quad I_2 = 1.4A \quad I_3 = 0.65A \quad I_4 = 1.8A$$

$$I_5 = 0.4A \quad I = 2.45A$$

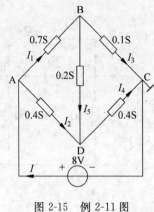

图 2-15 例 2-11 图

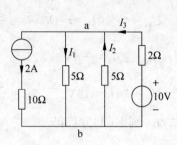

图 2-16 例 2-12 图

例 2-12 如图 2-16 所示，用弥尔曼定理求各支路的电流。

解

$$U_{ab} = \frac{-2 + \dfrac{10}{2}}{\dfrac{1}{5} + \dfrac{1}{5} + \dfrac{1}{2}} = \frac{10}{3}V$$

各支路电流如下：

$$I_1 = \frac{10}{3} \times \frac{1}{5} = \frac{2}{3} = 0.67A$$

$$I_2 = -\frac{2}{3} = -0.67A$$

$$I_3 = 2 + I_1 - I_2 = \frac{10}{3} = 3.33A$$

例 2-13 如图 2-17 所示，当 $U_S = 10V$，$I_S = 2A$ 时，电流 $I_A = 4A$；当 $U_S = 5V$，$I_S = 4A$ 时，$I_A = 6A$。求当 $U_S = 15V$，$I_S = 3A$ 时，电流 I_A 是多少？

解 叠加定理指出，线性电路中各个激励共同作用时，在任一支路产生的电流或电压，等于电路中各个激励单独作用时在该支路产生的电流或电压之叠加，即

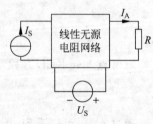

图 2-17 例 2-13 图

$$I_A = I'_A + I''_A = xU_s + yI_s$$

其中，x,y 取决于线性无源电阻网络的结构和参数，都为常数，依题意得

$$\begin{cases} 10x + 2y = 4 \\ 5x + 4y = 6 \end{cases}$$

解得

$$x = \frac{2}{15} \quad y = \frac{4}{3}$$

当 $U_s = 15\text{V}, I_s = 3\text{A}$ 时，有

$$I_A = 15x + 3y = 15 \times \frac{2}{15} + 3 \times \frac{4}{3} = 6\text{A}$$

例 2-14　电路如图 2-18(a)所示，用叠加定理求电流 I。

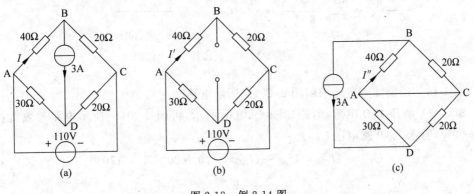

图 2-18　例 2-14 图

解　(1) 当 110V 电压源单独作用时，电路如图 2-18(b)所示，电流

$$I' = \frac{110}{40 + 20} = \frac{11}{6}\text{A}$$

(2) 当 3A 电流源单独作用时，电路如图 2-18(c)所示，电流

$$I'' = \frac{20}{40 + 20} \times 3 = 1\text{A}$$

(3) 当电压源和电流源共同作用时，电流是两电源单独作用时电流的叠加

$$I = I' + I'' = \frac{11}{6} + 1 = \frac{17}{6} = 2.83\text{A}$$

例 2-15　用戴维南定理求图 2-19(a)所示电路中的电流 I。

解　(1) 将 22Ω 电阻断开，求端口的开路电压 U_{OC}，如图 2-19(b)所示。

$$U_{OC} = U_{ac} + U_{cd} + U_{de} + U_{eb} = 10 + 6 \times 5 - 3 \times \frac{18}{3+6} = 34\text{V}$$

(2) 将电压源短路，电流源断路，求得等效电阻 R_0，如图 2-19(c)所示。

$$R_0 = 6 + 4 + \frac{3 \times 6}{3+6} = 12\Omega$$

(3) 画出等效电路图 2-19(d)。

$$I = \frac{34}{12 + 22} = 1\text{A}$$

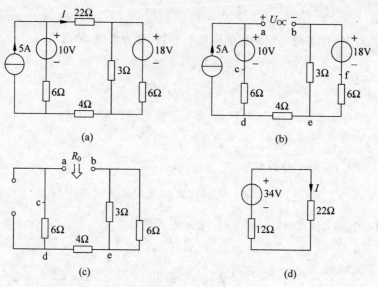

图 2-19　例 2-15 图

例 2-16　用戴维南定理求解图 2-20(a)所示电路。

解　(1)断开 40Ω 电阻,电路如图 2-20(b)所示,将图 2-20(b)所示电路等效转换成图 2-20(c)所示,求开路电压 U_{OC}。

$$U_{OC} = U_{AB} = U_{AC} + U_{CB} = 110 + 20 \times 3 = 170V$$

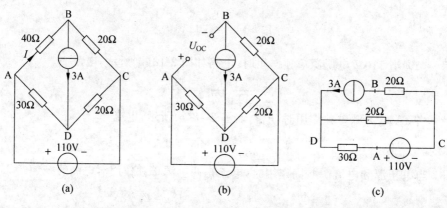

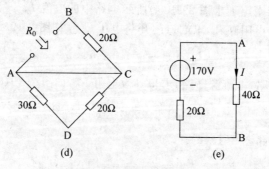

图 2-20　例 2-16 图

（2）将电路图 2-20(b)的电源置零，如图 2-20(d)所示，求得端口等效电阻。

$$R_0 = 20\Omega$$

（3）画出戴维南等效电路图 2-20(e)。

$$I = \frac{17}{6} = 2.83\text{A}$$

例 2-17　求图 2-21(a)所示电路的戴维南等效电路。

解　先求开路电压 U_{OC}，图 2-21(a)中因 $I_1 = 0$，受控电流源的电流 $2I_1 = 0$，故受控电流源相当于开路，受控电流源的控制量 U 即为 U_{OC}，所以

$$U_{OC} = 3 \times 1 - 2.5U_{OC} + 3 + 1 \times 1 = 7 - 2.5U_{OC}$$

故　　　　　　　　　　　　　　　$U_{OC} = 2\text{V}$

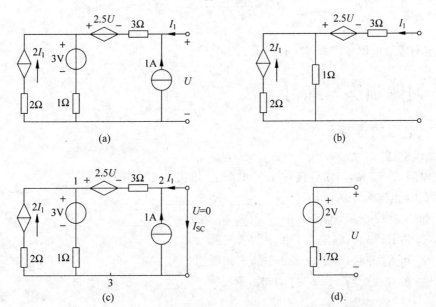

图 2-21　例 2-17 图

下面用两种方法求戴维南等效电阻。

（1）外加电压法。令电路的独立电源均不作用，得到图 2-21(b)所示电路，在端口处加电压 U，则有

$$U = 3I_1 - 2.5U + 1 \times 3I_1 = 6I_1 - 2.5U$$

即　　　　　　　　$3.5U = 6I_1$　$R_0 = \dfrac{U}{I_1} = \dfrac{6}{3.5} = 1.7\Omega$

（2）求出二端网络的短路电流 I_{SC}，则 $R_0 = \dfrac{U_{OC}}{I_{SC}}$，将端口短路，如图 2-21(c)所示，端口电压 $U = 0$，受控电流源电压 $2.5U = 0$，受控电流源相当于短路，短路电流 $I_{SC} = -I_1$，用节点电位法，选择 $\varphi_3 = 0$，则

$$\varphi_2 = 0$$

$$\left(\frac{1}{1} + \frac{1}{3}\right)\varphi_1 - \frac{1}{3}\varphi_2 = 2I_1 + \frac{3}{1}$$

即
$$\frac{4}{3}\varphi_1 = 2I_1 + 3 \qquad ①$$

在节点 2，由 KCL 得
$$I_1 = -\left(1 + \frac{\varphi_1}{3}\right) \qquad ②$$

由①、②方程解得
$$I_1 = -\frac{7}{6}\text{A}$$

而
$$I_{SC} = -I_1 = \frac{7}{6}\text{A}$$

所以
$$R_0 = \frac{U_{OC}}{I_{SC}} = \frac{2}{\frac{7}{6}} = 1.7\,\Omega$$

戴维南等效电路如图 2-21(d)所示。

2.4 习题训练与练习

2.4.1 电阻的连接

一、填空题

1. 电阻 R_1 和 R_2 串联后接在 36V 电源上，电流为 4A，并联后接在同一电源上，电流为 18A，则 $R_1 =$ _____，$R_2 =$ _____。

2. 如图 2-22 所示，电流 $I =$ _____，电阻 $R =$ _____。

3. R_1 和 R_2 串联，确定表 2-1 中的未知项。

4. R_1 和 R_2 并联，确定表 2-2 中的未知项。

5. 如图 2-23 所示，S 打开时，$R_{ab} =$ _____；S 闭合时，$R_{ab} =$ _____。

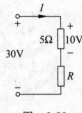

图 2-22

表 2-1

R_1/Ω	R_2/Ω	U/V	U_1/V	U_2/V
1	2	3		
4	7	22		
18		54	18	
18		60		10
3000	8000			100

表 2-2

R_1/Ω	R_2/Ω	I/A	I_1/A	I_2/A
1	1	3		
1	2	3		
2		3	1	
4		9		1
5000	1250			4

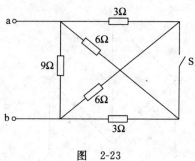

图 2-23

二、计算题

1. 求图 2-24 所示各电路的电阻 R_{ab}（单位都是 Ω）。

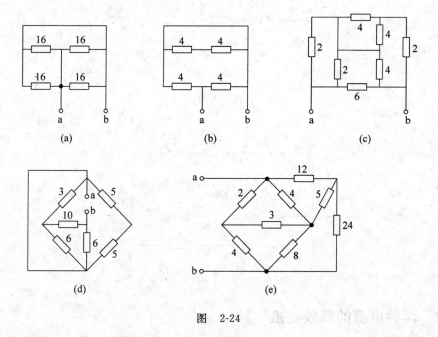

图 2-24

2. 如图 2-25 所示，合上开关后，R_2 的电压是增大还是减小？并解释为什么接入功率较大的负载（电炉）后电灯会暗些。

3. 求图 2-26 中网络的电阻 R_{AC}（已知 $R_1 = R_2 = 6\Omega$，$R_3 = R_4 = 3\Omega$，$R_5 = 1.2\Omega$），当 AC 间加 10V 电压时，经过 R_5 的电流是多少？

4. 求图 2-27 中端口等效电阻。

5. 如图 2-28 所示，用一只内阻为 $2k\Omega$，满刻度电流为 1mA 的表头和 R_1、R_2、R_3 组成量程分别为 15V、150V、300V 的电压表，求 R_1、R_2、R_3。

6. 如图 2-29 所示电路，用一只内阻为 $2k\Omega$，满刻度电流为 1mA 的表头和电阻 R_1、R_2、R_3 组成量程分别为 1mA、10mA、100mA、1A 的开路式直流电流表，求 R_1、R_2、R_3 的阻值。

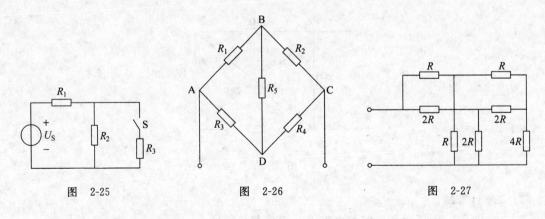

图 2-25   图 2-26   图 2-27

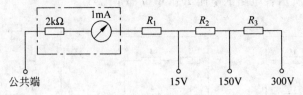

图 2-28

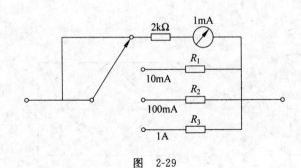

图 2-29

2.4.2 两种电源的等效变换

一、填空题

1. 两种电源等效变换的条件是_____。

2. 一个电压源和一个二端元件并联时,对外电路而言等效为_____。

3. 一个电流源和一个二端元件串联时,对外电路而言等效为_____。

4. 填写图 2-30(a)和图 2-30(b)所示电源模型所对应的输出特性方程。

5. 填写图 2-31 所示各伏安特性相对应的电源输出方程并画出电源模型电路。

6. 两种电源对_____等效,对_____不等效。

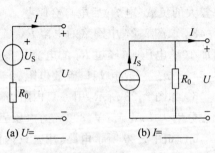

(a) $U=$_____   (b) $I=$_____

图 2-30

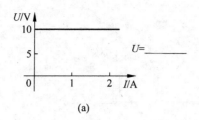
(a)

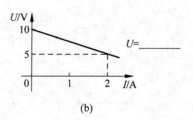
(b)

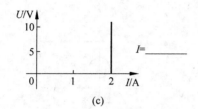
(c)

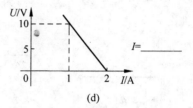
(d)

图　2-31

二、选择题

1. 图 2-32(a)所示电路的等效电压源电路如图 2-32(b)所示，U_S 和 R_0 大小是（　　）。

  A. $U_S = 16V$　$R_0 = 4\Omega$　　　　　　　　B. $U_S = 28V$　$R_0 = 4\Omega$

  C. $U_S = 4V$　$R_0 = 4\Omega$　　　　　　　　D. $U_S = 24V$　$R_0 = 4\Omega$

2. 图 2-33(a)所示电路的等效电流源电路如图 2-33(b)所示，I_S 和 R_0 大小是（　　）。

  A. $I_S = 2A$　$R_0 = 4\Omega$　　　　　　　　B. $I_S = 8A$　$R_0 = 2\Omega$

  C. $I_S = 1A$　$R_0 = 8\Omega$　　　　　　　　D. $I_S = 1A$　$R_0 = 4\Omega$

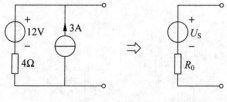

图　2-32

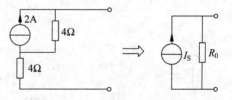

图　2-33

3. 2V 和 6V 的电压源串联，等效电压源大小可能是（　　）。

  A. 2V　　　　　　B. 6V　　　　　　C. 8V　　　　　　D. 3V

4. 3A 和 5A 的电流源并联，等效电流源大小可能是（　　）。

  A. 3A　　　　　　B. 5A　　　　　　C. 2A　　　　　　D. 8A

5. 图 2-34 所示为一个电路，等效变换成电压源与电阻串联的电路，其等效参数 U_S
和 R_0 分别是（　　）。

  A. $U_S = 5V$　$R_0 = 12.5\Omega$　　　　　　B. $U_S = -5V$　$R_0 = 12.5\Omega$

  C. $U_S = 5V$　$R_0 = -12.5\Omega$　　　　　D. $U_S = -5V$　$R_0 = -12.5\Omega$

三、计算题

1. 画出图 2-35 所示电路的等效电路。

2. 将图 2-36 中各电压源电路等效变换为电流源模型。

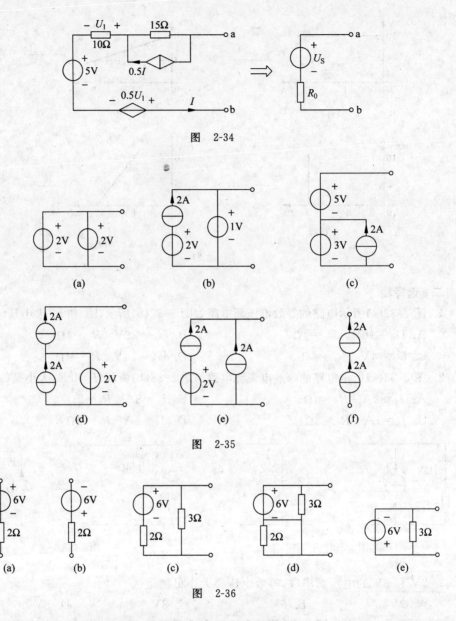

图 2-34

图 2-35

图 2-36

3. 将图 2-37 中各电流源电路等效变换为电压源模型。

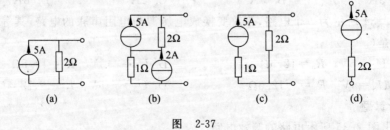

图 2-37

4. 利用电源等效变换求图 2-38 所示电路中的电流 I。

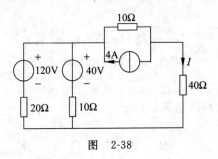

图 2-38

2.4.3 支路法、网孔电流法

一、填空题

1. 在图 2-39 所示的电路中,有 m 个节点和 n 条支路,可以列出_____个独立的 KCL 方程,可以列出_____个独立的 KVL 方程。有 b 个网孔,可以列出_____个 KVL 有效方程。

2. 如图 2-39 所示电路,有_____个网孔电流。它们分别是_____,若已知各网孔电流,则各支路电流与网孔电流的关系式分别为

$I_1 = $ _____;

$I_2 = $ _____;

$I_3 = $ _____;

$I_4 = $ _____;

$I_5 = $ _____;

$I_6 = $ _____。

3. 列出图 2-40 所示电路支路法解题的 KCL 和 KVL 方程组。

_____

_____

_____

列出该图网孔法解题的网孔方程组。

_____

_____

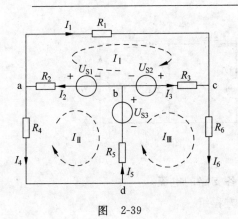

图 2-39

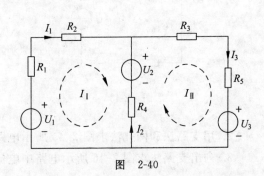

图 2-40

4. 指出图 2-41 所示电路列出的下列网孔方程的错误之处,并列出正确的网孔方程。

$$(R_1 + R_2)I_{\text{I}} = U_{S2} - U_{S1}$$

$$(R_2 + R_3)I_{\text{II}} = U_{S3} - U_{S2}$$

二、选择题

1. 如图 2-42 所示,电路的电流是( )。

A. $\dfrac{U_S}{R_1 + R_2}$　　　　B. $-\dfrac{U_S}{R_1 + R_2}$　　　　C. $\dfrac{U_{S1}}{R_1} + \dfrac{U_{S2}}{R_2}$　　　　D. 以上都不对

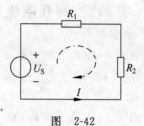

图　2-41　　　　　　　　　　　　　　　　图　2-42

2. 如图 2-43 所示,电路的电流 I 和电流源的电压 U 分别为( )。

A. $I = -I_S$　$U = U_S - (R_1 + R_2)I_S$　　　　B. $I = I_S$　$U = -U_S + (R_1 + R_2)I_S$

C. $I = -I_S$　$U = -U_S - (R_1 + R_2)I_S$　　　　D. 以上都不对

3. 在图 2-39 中,网孔电流 I_{III} 的 KVL 方程是( )。

A. $U_{S2} - U_{S3} - R_5 I_5 - R_6 I_6 - R_3 I_3 = 0$

B. $U_{S2} + R_3(I_1 - I_{\text{III}}) + R_6 I_{\text{III}} + R_5(I_{\text{III}} - I_{\text{II}}) - U_{S3} = 0$

C. $-U_{S2} + R_3 I_{\text{III}} + R_6 I_6 + R_5(I_{\text{III}} - I_{\text{II}}) - U_{S3} = 0$

D. $-U_{S2} - U_{S3} + R_5 I_5 + R_6 I_6 + R_3 I_3 = 0$

三、计算题

1. 用支路法和网孔法求图 2-44 所示电路的电流 I_1 和 I_2。

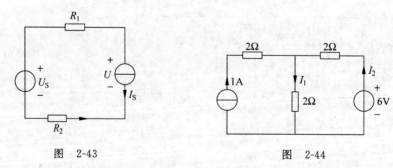

图　2-43　　　　　　　　　　　　　　图　2-44

2. 用支路法和网孔法求图 2-45 所示电路中各支路的电流。

3. 列出支路法求图 2-46 所示电路中电流的方程组。

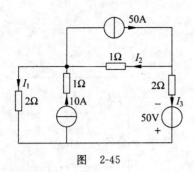

图　2-45

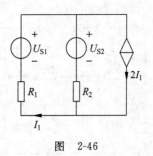

图　2-46

2.4.4　节点电位法

一、填空题

1. 如图 2-47 所示，电路的有效节点方程有_____个。

$G_{11} =$ _____;

$G_{22} =$ _____;

$G_{12} =$ _____;

$G_{21} =$ _____。

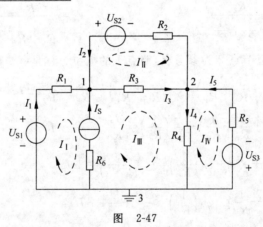

图　2-47

2. 指出按图 2-48 所示电路列出的下列节点方程的错误并进行改正。

$$(G_1 + G_3 + G_4 + G_5)U_1 - (G_3 + G_4 + G_5)U_2 = I_s$$
$$-(G_3 + G_4 + G_5)U_1 + (G_2 + G_3 + G_4 + G_5)U_2 = G_2 U_s$$

二、选择题

1. 图 2-49 所示电路的电压 U_{ab} 为（　　）。

A. $U_{ab} = \dfrac{\dfrac{9}{9} + 2 + \dfrac{3}{6}}{\dfrac{1}{9} + \dfrac{1}{6}}$

B. $U_{ab} = \dfrac{-\dfrac{9}{9} + 2 + \dfrac{3}{6}}{\dfrac{1}{9} + \dfrac{1}{6}}$

C. $U_{ab} = \dfrac{-\dfrac{9}{9} + 2 + \dfrac{3}{6}}{\dfrac{1}{9} + \dfrac{1}{10} + \dfrac{1}{6}}$

D. $U_{ab} = \dfrac{-\dfrac{9}{9} - 2 - \dfrac{3}{6}}{\dfrac{1}{9} + \dfrac{1}{6}}$

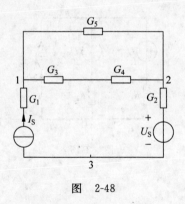

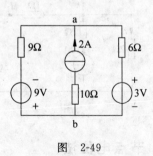

图 2-48　　　　　　　　　　　图 2-49

2. 图 2-50 所示电路中电压 U_{ab} 的表达式正确的是(　　)。

A. $U_{ab}=\dfrac{I_1-I_2-I_S-I_3}{\dfrac{1}{R_1}+\dfrac{1}{R_2}+\dfrac{1}{R_4}}$
　　　　　
B. $U_{ab}=\dfrac{\dfrac{U_{S1}}{R_1}-\dfrac{U_{S2}}{R_2}-I_S}{\dfrac{1}{R_1}+\dfrac{1}{R_2}+\dfrac{1}{R_4}}$

C. $U_{ab}=\dfrac{-\dfrac{U_{S1}}{R_1}+\dfrac{U_{S2}}{R_2}-I_S}{\dfrac{1}{R_1}+\dfrac{1}{R_2}+\dfrac{1}{R_4}}$
　　　　　
D. $U_{ab}=\dfrac{-\dfrac{U_{S1}}{R_1}+\dfrac{U_{S2}}{R_2}-I_S}{\dfrac{1}{R_1}+\dfrac{1}{R_2}+\dfrac{1}{R_3}+\dfrac{1}{R_4}}$

3. 图 2-47 中,若以节点 2 为参考点,节点 1 的电位方程是(　　)。

A. $\varphi_1\left(\dfrac{1}{R_1}+\dfrac{1}{R_2}+\dfrac{1}{R_3}+\dfrac{1}{R_6}\right)-\varphi_3\left(\dfrac{1}{R_1}+\dfrac{1}{R_6}\right)=\dfrac{U_{S1}}{R_1}+\dfrac{U_{S2}}{R_2}+I_S$

B. $\varphi_1\left(\dfrac{1}{R_1}+\dfrac{1}{R_2}+\dfrac{1}{R_3}+\dfrac{1}{R_6}\right)-\varphi_3\left(\dfrac{1}{R_1}\right)=\dfrac{U_{S1}}{R_1}+\dfrac{U_{S2}}{R_2}+I_S$

C. $\varphi_1\left(\dfrac{1}{R_1}+\dfrac{1}{R_2}+\dfrac{1}{R_3}\right)-\varphi_3\left(\dfrac{1}{R_1}\right)=-\dfrac{U_{S1}}{R_1}-\dfrac{U_{S2}}{R_2}+I_S$

D. $\varphi_1\left(\dfrac{1}{R_1}+\dfrac{1}{R_2}+\dfrac{1}{R_3}\right)-\varphi_3\left(\dfrac{1}{R_1}\right)=\dfrac{U_{S1}}{R_1}+\dfrac{U_{S2}}{R_2}+I_S$

4. 上题中,若以节点 1 为参考点,节点 3 的电位方程是(　　)。

A. $\varphi_3\left(\dfrac{1}{R_1}+\dfrac{1}{R_4}+\dfrac{1}{R_5}\right)-\varphi_2\left(\dfrac{1}{R_4}+\dfrac{1}{R_5}\right)=-\dfrac{U_{S1}}{R_1}+\dfrac{U_{S2}}{R_2}+I_S$

B. $\varphi_3\left(\dfrac{1}{R_1}+\dfrac{1}{R_4}+\dfrac{1}{R_5}\right)-\varphi_2\left(\dfrac{1}{R_4}+\dfrac{1}{R_5}\right)=\dfrac{U_{S1}}{R_1}-\dfrac{U_{S2}}{R_2}-I_S$

C. $\varphi_3\left(\dfrac{1}{R_1}+\dfrac{1}{R_4}+\dfrac{1}{R_5}\right)-\varphi_2\left(\dfrac{1}{R_4}+\dfrac{1}{R_5}\right)=-\dfrac{U_{S1}}{R_1}+\dfrac{U_{S2}}{R_2}-I_S$

D. $\varphi_3\left(\dfrac{1}{R_1}+\dfrac{1}{R_4}+\dfrac{1}{R_5}+\dfrac{1}{R_6}\right)-\varphi_2\left(\dfrac{1}{R_4}+\dfrac{1}{R_5}\right)=-\dfrac{U_{S1}}{R_1}+\dfrac{U_{S2}}{R_2}+I_S$

三、计算题

1. 用弥尔曼定理求图 2-51 所示电路的电压 U_{ab} 和电流 I。

2. 用弥尔曼定理求图 2-44 所示电路中各支路电流。

3. 在图 2-52 所示的电路中,分别以 a、b、c 为参考点列节点电位方程,并求 U_{ab}。

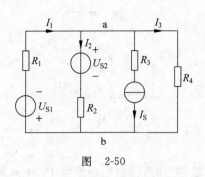

图 2-50

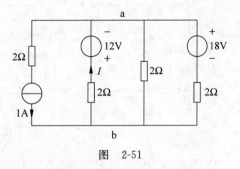

图 2-51

4. 利用图 2-53 所示电路验证以下节点电位方程。

$$\varphi_A\left(\frac{1}{R_1}+\frac{1}{R_2}+\frac{1}{R_4}+\frac{1}{R_5}\right)-\varphi_B\left(\frac{1}{R_2}+\frac{1}{R_5}\right)=\frac{U_{S1}}{R_1}+\frac{U_{S2}}{R_2}$$

$$\varphi_B\left(\frac{1}{R_2}+\frac{1}{R_3}+\frac{1}{R_5}\right)-\varphi_A\left(\frac{1}{R_2}+\frac{1}{R_5}\right)=\frac{U_{S3}}{R_3}-\frac{U_{S2}}{R_2}$$

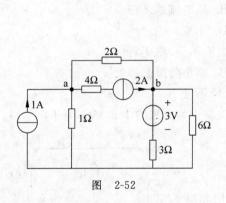

图 2-52

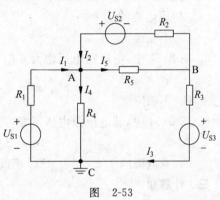

图 2-53

2.4.5 叠加定理

一、填空题

1. 叠加定理适用于_____电路,而不适用于_____电路。

2. 叠加定理只适用于分析线性电路的_____和_____,而不适用于计算_____。

3. 应用叠加定理,当一个电源单独作用时,其他电源要置零。即其他电压源代之以_____;其他电流源代之以_____。

4. 一线性电阻电路中,只有一个 3V 电压源,它在某支路中产生的电流为 2A,如果电压源的电压增加到 6V,则该支路电流将为_____。

5. 一个线性电阻电路中,只有一个 3A 电流源,它在某支路产生的电流为 2A,如果将此电流源增加到 6A,则该支路中的电流将为_____。

二、选择题

1. 图 2-54(b)和图 2-54(c)为图 2-54(a)电流源和电压源单独作用的电路。电流 I 和 I'、I'' 的关系是( )。

    A. $I=I'+I''$　　　　B. $I=I'-I''$　　　　C. $I=-I'-I''$　　　　D. $I=-I'+I''$

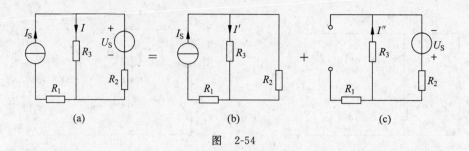

图 2-54

2. 图 2-54 中,电阻 R_3 的功率为 P,若电流源单独作用时,该电阻功率为 P',电压源单独作用的功率为 P'',它们之间的关系是(　　)。

　A. $P=P'+P''$　　　B. $P=-P'+P''$　　C. $P=P'-P''$　　D. $P\neq P'+P''$

3. 图 2-54 中,若 $U_{S1}=12V$,$I_S=10A$,$R_1=R_2=R_3=2\Omega$ 时,电流 I 等于(　　)。

　A. 8A　　　　　　B. $-8A$　　　　　　C. 4A　　　　　　D. 0

4. 图 2-54 中,电压源电压增大 1 倍,电流源电流不变,则 I'' 等于(　　)。

　A. 原电流的 1/2　　　　　　　　B. 原电流的 2 倍

　C. 不能确定　　　　　　　　　　D. 不变

5. 图 2-54 中,电压源电压增大 n 倍,电流源电流不变,则 I' 将(　　)。

　A. 扩大 n 倍　　　　　　　　　B. 缩小为原来的 $1/n$

　C. 不确定　　　　　　　　　　　D. 不变

6. 图 2-54 中,若电压源电压不变,电流源电流减少为原来的 1/2,则 I' 等于(　　)。

　A. 5A　　　　　　　　B. $-2.5A$

　C. 原电流的 1/2　　　D. 不确定

三、计算题

1. 电路如图 2-55 所示,画出电压源单独作用和电流源单独作用的电路图。

2. 用叠加定理求图 2-56 所示电路中的电流。

3. 用叠加定理求图 2-57 所示电路中的电压 U_{ab}。

4. 用叠加定理求图 2-46 所示电路中的电流 I_1。

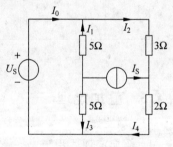

图 2-55

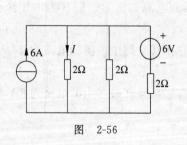

图 2-56

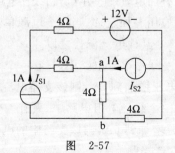

图 2-57

2.4.6　等效电源定理

一、填空题

1. 戴维南定理表明,任何一个线性有源二端网络都可以用一个_____和_____

串联的电路来等效代替。

2．戴维南等效电路中的电压源电压等于原来有源二端网络的_____，串联电阻等于网络内电源置_____时的入端电阻。

3．诺顿等效电路中的电流源电流等于原来有源二端网络的_____，并联电阻等于网络内电源置零时的_____。

4．有效二端网络变换为等效电源后，是对_____等效，也就是对外输出效果相同。

5．如图 2-58 所示，当 $R_L=8\Omega$，$I=6A$；$R_L=16\Omega$，$I=4A$ 时，有源二端线性网络的等效电源 $U_S=$_____，$R_0=$_____。

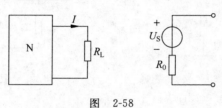

图 2-58

6．有源二端网络的实验电路如图 2-59 所示，则等效电路的参数 $U_S=$_____，$R_0=$_____。（电压表内阻为无穷大）

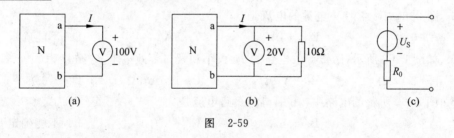

| (a) | (b) | (c) |

图 2-59

7．利用戴维南定理填写表 2-3。

表 2-3

已知电路图 （a、b 为待求支路）	求 U_{OC} 等效电路	求 R_0 等效电路	a、b 端等效电路

二、选择题

1. 如图 2-60 所示，ab 间的开路电压 U_{OC} 和端口等效电阻 R_0 分别为（　　）。

    A. 6V，6Ω   B. 6V，0   C. −6V，0   D. −6V，6Ω

2. 如图 2-61 所示，经 12V 电源的电流 I 为（　　）。

    A. 3A   B. −3A   C. 0   D. 6A

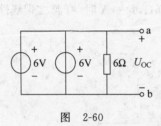
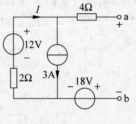

图 2-60   图 2-61

3. 图 2-61 中，当 ab 间接一电阻，阻值为（　　）时获得功率最大，且最大功率为（　　）。

    A. 4Ω，6W   B. 6Ω，12W   C. 6Ω，6W   D. 2Ω，72W

4. 图 2-61 中，经 18V 电源的电流是（　　）。

    A. 0   B. −3A   C. 3A   D. 不能确定

5. 如图 2-62 所示，诺顿等效电路的 I_{SC} 大小和端口等效电阻 R_0 分别为（　　）。

    A. 2A，3Ω   B. 2A，9Ω   C. 1.5A，3Ω   D. 0，3Ω

6. 图 2-63 所示的电路中，ab 端口的短路电流是（　　）。

    A. 0   B. −5A   C. 5A   D. 不能确定

7. 图 2-64 所示电路的等效电阻是（　　）。

    A. 4Ω   B. 1Ω   C. −1Ω   D. −4Ω

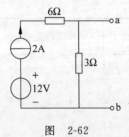
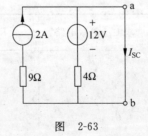
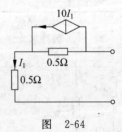

图 2-62   图 2-63   图 2-64

三、计算题

1. 用戴维南定理计算图 2-65 所示电路中经 15V 电源的电流。

2. 用戴维南定理计算图 2-66 所示电路中的电流 I。

3. 用戴维南定理求图 2-67 所示电路中的 R 为何值时能获得最大功率，并求此时通过的电流和最大功率。

4. 在图 2-68 所示的电路中，求 R_L 电阻获得最大功率的条件和最大功率 P_{max}。

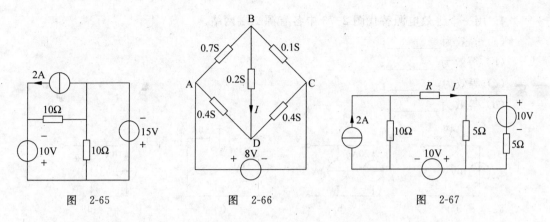

图 2-65　　　　　　　　图 2-66　　　　　　　　图 2-67

5. 如图 2-69 所示，4Ω 电阻的端电压 U_{ab} 是多少？若断开 4Ω 电阻后的电压 U_{ab} 又是多少？

6. 图 2-70 所示的电路中，已知 u_s、i_s、R_1、R_2、R_3、α，求 i。

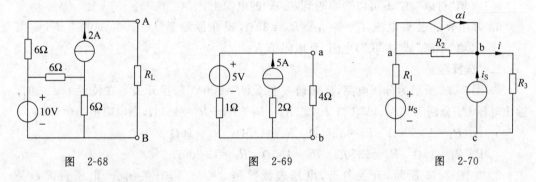

图 2-68　　　　　　　　图 2-69　　　　　　　　图 2-70

2.5　综合测试题

一、填空题

1. 图 2-71 所示电路，$R_1 = R_2 = R_3 = R_4 = R_5 = R_6 = 40\Omega$，$R_{ab} = $ _____。

2. 一个电池，开路时测得两端电压为 12V，接入 5.6Ω 电阻时测得电阻的电压为 11.2V，该电池的电压源模型电路的 $U_S = $ _____，$R_0 = $ _____。

3. 图 2-72(a) 电路中电压源的功率 $P_a = $ _____，图 2-72(b) 中电流源的功率 $P_b = $ _____。

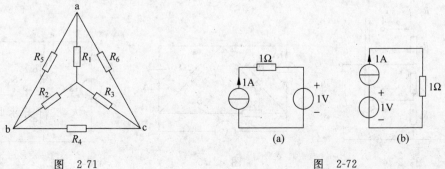

图 2-71　　　　　　　　　　　　　　图 2-72

4. 用一个等效电源替代图 2-73 中各有源二端网络。

（a）等效为_____；

（b）等效为_____；

（c）等效为_____；

（d）等效为_____。

  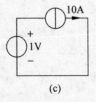

图　2-73

5. 要使一个"220V,15W"的灯泡和一个"220V,40W"的灯泡在额定状态下工作，_____（填"可以"或"不可以"）串联到 380V 的电源上。

6. 万用表的表头电流 $I_g = 50\mu A$，$R_a = 3k\Omega$，现在欲测量 $I = 100\mu A$ 的电流，则需_____（填"串联"或"并联"）电阻，且电阻值 $R = $_____。

二、选择题

1. 图 2-74 所示为分压电路，已知输入电压 $U_i = 100V$，转换开关 S 在位置 1、2、3 时，输出电压 U_o 分别为 10V、1V、0.1V。若 $R_1 + R_2 + R_3 + R_4 = 15k\Omega$，则电阻值是（　　）。

　　A. $R_1 = 13\,500\Omega$　　$R_2 = 1350\Omega$　　$R_3 = 135\Omega$　　$R_4 = 15\Omega$

　　B. $R_1 = 15\Omega$　　$R_2 = 1350\Omega$　　$R_3 = 135\Omega$　　$R_4 = 13\,500\Omega$

2. 如图 2-75 所示，开关打开，电压表读数是_____，开关闭合，电压表读数是_____。（　　）

　　A. 5V,2.5V　　　　B. −5V,−2.5V　　C. 2.5V,5V　　　D. 5V,0

3. 根据图 2-76 所示电路，回答下面的问题。

（1）开关 S 打开时，图中的电压 U_{ab} 为（　　）。

　　A. −18V　　　　　B. 18V　　　　　　C. −6V　　　　　D. 6V

（2）开关 S 闭合时，图中的电流 I_{ab} 为（　　）。

　　A. −1.5A　　　　　B. 1.5A　　　　　　C. 0　　　　　　D. −1A

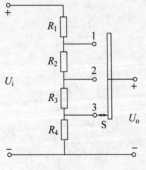 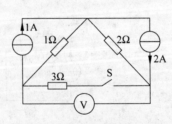 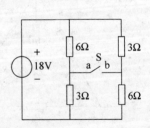

图　2-74　　　　　　　　　　　图　2-75　　　　　　　　　　图　2-76

4. 如图 2-77 所示,电源电压不变,当 R_3 增大时,电压表读数_____,电流表读数_____。(   )

    A. 减小 增大　　　B. 增大 减小　　　C. 增大 增大　　　D. 减小 减小

5. 一个网络的开路电压是 10V,短路电流是 0.5A,将 30Ω 电阻接入网络,则经过电阻的电流是(   )。

    A. 0.5A　　　　　B. 0.2A　　　　　C. 1.5A　　　　　D. 以上都不对

6. 一个网络的短路电流是 5A,接 8Ω 的电阻后电流为 1A,则网络的戴维南等效电阻是(   )。

    A. 10Ω　　　　　B. 4Ω　　　　　C. 2Ω　　　　　D. 以上都不对

三、计算题

1. 如图 2-78 所示电压表读数为 9V,求电阻 R_x。

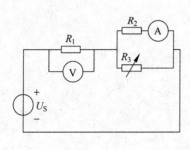 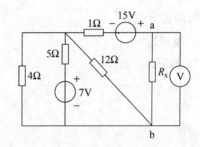

图　2-77　　　　　　　　　　　　　　图　2-78

2. 用节点电位法求图 2-79 所示电路中各支路电流。如果改为以 a 为参考点,列出 b、c 点的节点电位方程。

3. 用有源二端网络定理求图 2-80 所示电路中经过 12V 电压源的电流。

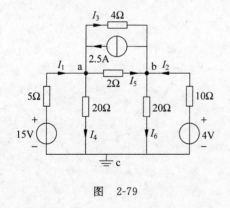 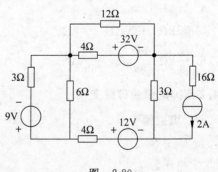

图　2-79　　　　　　　　　　　　　　图　2-80

4. 图 2-81 是一个含有受控电压源的电路,试用网孔法求解电路中的电流 I_1、I_2 和电压 U。

5. 求图 2-82 所示电路中的电压 U 及 1A 电流源发出的功率。

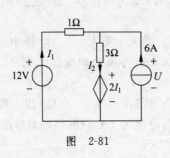

图 2-81

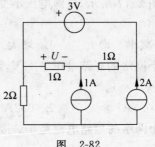

图 2-82

2.6 习题答案

2.4.1 电阻的连接

一、填空题

1. $3\Omega,6\Omega$ 或 $6\Omega,3\Omega$

2. 2A；10Ω

3. 略

4. 略

5. 3Ω；$\dfrac{36}{13}\Omega$

二、计算题

1. (a) 4Ω (b) 2Ω (c) 2Ω (d) 4Ω (e) 3.6Ω

2. 略

3. 4A

4. 1.33R

5. $13k\Omega$；$135k\Omega$；$150k\Omega$

6. $\dfrac{2}{9}k\Omega$；$\dfrac{2}{99}k\Omega$；$\dfrac{2}{999}k\Omega$

2.4.2 两种电源的等效变换

一、填空题

1. $U_S = R_0 I_S$

2. 电压源

3. 电流源

4. $U = U_S - R_0 I$；$I = I_S - \dfrac{U}{R_0}$

5. 10V；$U = -2.5I + 10$；$I = 2A$；$I = 2 - \dfrac{U}{10}$

6. 外；内

二、选择题

1. D　2. C　3. C、D　4. B、C　5. A

三、计算题

1. 略

2. 略

3. 略

4. $-\dfrac{2}{15}\text{A}$

2.4.3 支路法、网孔电流法

一、填空题

1. $m-1$；$n-(m-1)$；b

2. 3；I_{I}、I_{II}、I_{III}；$I_1=I_{\text{I}}$，$I_2=I_{\text{I}}-I_{\text{II}}$，$I_3=I_{\text{III}}-I_{\text{I}}$，$I_4=-I_{\text{II}}$；$I_5=I_{\text{III}}-I_{\text{II}}$，$I_6=I_{\text{III}}$

3. $$\begin{cases} U_2-R_4I_2-U_1+R_1I_1+R_2I_1=0 \\ R_3I_3+R_5I_3+U_3+R_4I_2-U_2=0 \end{cases}$$

$$\begin{cases} (R_1+R_2)I_{\text{I}}+U_2+R_4(I_{\text{I}}-I_{\text{II}})-U_1=0 \\ (R_3+R_5)I_{\text{II}}+U_3+R_4(I_{\text{II}}-I_{\text{I}})-U_2=0 \end{cases}$$

4. 略

二、选择题

1. B　2. A　3. D

三、计算题

1. 2A；1A

2. -14A；26A；24A

3. 略

2.4.4 节点电位法

一、填空题

1. 2；$G_{11}=\dfrac{1}{R_1}+\dfrac{1}{R_2}+\dfrac{1}{R_3}$，$G_{22}=\dfrac{1}{R_1}+\dfrac{1}{R_3}+\dfrac{1}{R_4}+\dfrac{1}{R_5}$，$G_{12}=G_{21}=-\left(\dfrac{1}{R_2}+\dfrac{1}{R_3}\right)$

2. 略

二、选择题

1. B　2. C　3. D　4. C

三、计算题

1. $U_{ab}=1.33\text{V}$，$I=6.67\text{A}$

2. $I_1=2\text{A}$，$I_2=1\text{A}$

3. $U_{ab}=2.6\text{V}$

4. 略

2.4.5 叠加定理

一、填空题

1. 线性；非线性

2. 电压；电流；功率

3. 短路；断路

4. 4A

5. 4A

二、选择题

1. B 2. D 3. A 4. B 5. D 6. C

三、计算题

1. 略

2. $I=3A$

3. $U_{ab}=7V$

4. 略

2.4.6 等效电源定理

一、填空题

1. 电压源；电阻

2. 开路电压；零

3. 短路电流；入端电阻

4. 外电路

5. 96V；8Ω

6. 100V；40Ω

7. 略

二、选择题

1. B 2. A 3. C 4. A 5. A 6. C 7. D

三、计算题

1. 2A

2. 0.4A

3. 12.5Ω；0.5W

4. 6Ω；20.17W

5. 8V；10V

6. $i=\dfrac{u_S+(R_1+R_2)i_S}{R_1+(1-\alpha)R_2+R_2}$

2.5 综合测试题

一、填空题

1. $\dfrac{20}{3}\Omega$

2. 12V；0.4Ω

3. 1W；−1W

4. 6V；16A；10A；1V

5. 不可以

6. 并联；3kΩ

二、选择题

1. A　2. A　3. (1) C,(2) A　4. B　5. B　6. C

三、计算题

1. 3Ω

2. 1A；−0.2A；−1A；0.5A；2A；0.3A

3. 1A

4. $I_1 = -1A$；$I_2 = 5A$；$U = 13V$

5. 1V；5W

第 3 章

正弦交流电路

3.1 教学目的和要求

（1）理解正弦量的三要素、相位差的概念，了解参考正弦量的意义。

（2）掌握正弦量的相量表示法，根据正弦量的瞬时值解析式能写出正弦量对应的相量，根据相量能写出正弦量的解析式。

（3）掌握正弦电路中的电阻、电感和电容元件的电压与电流关系，能够根据时域电路模型画出相对应的相量电路模型。

（4）掌握基尔霍夫定律的相量形式。

（5）深刻理解复阻抗 Z 与复导纳 Y 的定义及其物理意义，会进行复阻抗与复导纳的串、并联计算，会求解简单单口网络的输入阻抗 Z。

（6）能够绘制简单正弦稳态电路的相量图，并根据相量图运用几何知识和电路的基本计算公式求解出电路的待求量。

（7）掌握应用相量法对正弦稳态电路进行分析计算。

（8）掌握正弦稳态电路中的有功功率、无功功率、视在功率和功率因数的计算，了解共轭匹配条件下负载阻抗吸收的最大功率。

（9）理解提高功率因数的意义，能计算补偿电容器的容量。

（10）了解 RLC 串联谐振的条件与特点，并联谐振的条件与特点。

（11）掌握耦合电感元件"同名端"的判断，理解耦合电感元件的电压电流关系，了解含耦合电感元件的正弦电流电路的计算。

3.2 教学内容和要点

3.2.1 正弦量的三要素

（1）正弦量的瞬时值解析式为

$$u = U_m \sin(\omega t + \varphi)$$

最大值、角频率和初相位这 3 个量称为正弦量的三要素。

初相位为零的正弦量称为参考正弦量。

同频率的正弦量的相位差等于初相位之差。规定相位差的绝对值不能超过 π,即 $|\varphi| \leqslant \pi$。两个相同频率的正弦量相位之间的关系用"超前"和"滞后"的概念予以表征。

正弦量的有效值等于最大值的 $1/\sqrt{2}$,即

$$I = \frac{I_m}{\sqrt{2}}$$

$$U = \frac{U_m}{\sqrt{2}}$$

（2）把复数所表示的正弦量称为相量,相量用大写字母加点来表示。相量包含了其对应的正弦量中的振幅(有效值)和初相位两个要素。应注意相量只是用于表示正弦量,而不等于正弦量。

将若干同频率正弦量所对应的相量画在同一复平面上所得到的图形称为相量图。引入相量图后,可以用相量图的运算来解决一些正弦量的运算问题。

3.2.2　R、L、C 元件的伏安关系

（1）在关联参考方向下,电阻元件电压和电流相量存在以下关系：

$$\dot{U} = R \dot{I}$$

（2）在关联参考方向下,电感元件的电压、电流相量存在以下关系：

$$\dot{U} = j X_L \dot{I} = j\omega L \dot{I}$$

（3）在关联参考方向下,电容元件的电压、电流相量存在以下关系：

$$\dot{U} = -j X_C \dot{I} = -j \frac{1}{\omega C} \dot{I}$$

3.2.3　正弦交流电路的相量法分析

（1）相量形式的 KCL：任一瞬间连接在正弦交流电路的任一节点的各支路电流相量的代数和为零,即

$$\sum \dot{I} = 0$$

相量形式的 KVL：任一瞬间正弦交流电路的任一回路的各元件电压相量的代数和为零,即

$$\sum \dot{U} = 0$$

（2）对于单口无源网络,若端口上电压相量和电流相量参考方向一致,则端口电压相量与电流相量之比定义为该网络的阻抗 Z,即

$$Z = \frac{\dot{U}}{\dot{I}}$$

此定义式为欧姆定律的相量形式。

如果单口无源网络的端口上电压相量和电流相量参考方向一致,其导纳定义为

$$Y = \frac{\dot{I}}{\dot{U}}$$

由单口无源网络的阻抗 Z 和导纳 Y 的定义可知,对于同一单口无源网络,阻抗 Z 与导纳 Y 互为倒数。

3.2.4 正弦交流电路的功率

(1)对单口网络,若其端电压 u 与电流 i 取关联参考方向,则此二端网络吸收的瞬时功率为 $p=ui$。

(2)定义平均功率为瞬时功率在一周期内的平均值,用 P 表示,也称为有功功率,简称功率。

$$P = \frac{1}{T}\int_0^T p\mathrm{d}t = UI\cos\varphi$$

有功功率是守恒的,即电路中总的有功功率等于各元件有功功率的代数和。

(3)定义无功功率为用于交换的瞬时功率的最大值,用 Q 表示。

$$Q = UI\sin\varphi$$

无功功率的量纲与有功功率相同,但为区别有功功率,无功功率的单位为 Var(乏)。无功功率也是守恒的,即电路中总的无功功率等于各元件无功功率的代数和。

(4)定义视在功率为二端网络端电压与电流有效值的乘积,用 S 表示。

$$S = UI$$

视在功率的单位为 V·A(伏安)。通常所说的设备的容量是指它的视在功率。

为了将相量法引入功率的计算,定义复功率为

$$\widetilde{S} = \dot{U}\dot{I}^* = S\angle\varphi = P+\mathrm{j}Q$$

注意:复功率守恒,但视在功率不守恒。

为了充分利用电源设备的容量,同时也为了减小线路的电压损失和功率损耗,要求提高电路的功率因数。由于常用负载多为感性负载,所以在感性负载两端并联适当大小的电容可以提高功率因数。并联电容后,电路的总电流减小,总功率因数增大,总的有功功率不变。并联电容大小为

$$C = \frac{P}{\omega U^2}(\tan\varphi_1 - \tan\varphi)$$

3.2.5 电路的谐振

在含有 L 和 C 的单口网络中,在正弦激励下,当出现端口电压与电流同相时,称电路发生了谐振。

串联谐振电路的谐振条件为 $X_L = X_C$,即

$$\omega L = \frac{1}{\omega C}$$

RLC 串联电路发生谐振时的角频率为

$$\omega_0 = \frac{1}{\sqrt{LC}}$$

RLC 串联电路发生谐振时的频率为

$$f_0 = \frac{\omega_0}{2\pi} = \frac{1}{2\pi\sqrt{LC}}$$

　　串联谐振时,电路中的电流最大,可能出现过电压现象,即电感或电容元件上电压的有效值大于电源电压的有效值。串联谐振又称为电压谐振。

　　对串联谐振电路,其品质因数为

$$Q = \frac{\rho}{R} = \frac{1}{R}\sqrt{\frac{L}{C}}$$

　　并联电路谐振时,若 $Q \gg 1$,电路导纳最小,阻抗最大;若电路的端电流一定时,由于阻抗最大,故端电压最大;电感线圈支路电流和电容支路电流近似相等,为总电流的 Q 倍,并联谐振又称为电流谐振。

3.2.6　互感电路

　　多个(两个及以上)彼此邻近的载流线圈之间存在"磁耦合"现象,即某个线圈中的电流所产生的磁通除穿过本线圈外,还与其他线圈相交链,称之为"互感"现象。

　　将互感磁链与产生该互感磁链的电流之比定义为互感系数,用 M 表示互感系数,有

$$M_{12} = \frac{\varphi_{12}}{i_2}, \quad M_{21} = \frac{\varphi_{12}}{i_1}$$

　　可以证明 $M_{12} = M_{21} = M$。互感系数也称为互感,其单位与自感系数相同。

　　同名端是当两个线圈的电流均从同名端流进(或流出)时,自感磁链和相应的互感磁链是相互加强的。非同名端也称为异名端。

　　用磁耦合系数来表征两线圈磁耦合的程度。定义耦合系数为

$$k = \frac{M}{\sqrt{L_1 L_2}}$$

　　耦合系数的取值范围为 $0 \leqslant k \leqslant 1$。

　　当电流 i_1 和其产生的互感电压 u_{M2} 的参考方向对同名端一致时,有

$$u_{M2} = M \frac{\mathrm{d}i_1}{\mathrm{d}t}$$

　　当电流 i_2 和其产生的互感电压 u_{M1} 的参考方向对同名端一致时,有

$$u_{M1} = M \frac{\mathrm{d}i_2}{\mathrm{d}t}$$

　　互感电压、电流关系的相量形式为

$$\dot{U}_{M1} = \mathrm{j}X_M \dot{I}_2, \quad \dot{U}_{M2} = \mathrm{j}X_M \dot{I}_1$$

3.3　典型例题分析与解答

　　例 3-1　$i = 5\sqrt{2}\sin(100\pi t + 75°)$ A,求此交流电流的最大值 I_m、有效值 I、频率 f、周期 T 和初相位 φ。

　　解　由正弦交流电流的解析式 $i = I_m \sin(\omega t + \varphi)$ 可知

$$I_m = 5\sqrt{2} \text{ A}$$

$$I = \frac{I_m}{\sqrt{2}} = \frac{5\sqrt{2}}{\sqrt{2}} = 5 \text{ A}$$

因为 $\qquad\qquad\qquad\qquad\qquad\qquad\qquad \omega = 2\pi f$

所以 $\qquad\qquad\qquad\qquad\qquad\qquad\quad f = \dfrac{\omega}{2\pi} = \dfrac{100\pi}{2\pi} = 50\,\text{Hz}$

$$T = \dfrac{1}{f} = \dfrac{1}{50} = 0.02\,\text{s}$$

$$\varphi = 75°$$

例 3-2　已知某正弦交流电压的有效值 $U = 220\,\text{V}$，频率 $f = 50\,\text{Hz}$，初相位 $\varphi = -\dfrac{\pi}{6}$。(1)试写出该电压瞬时值解析式。(2)计算 $t = 0.01\,\text{s}$ 时的电压值。

解　(1)该电压瞬时值解析式为

$$u(t) = U_{\mathrm{m}}\sin(\omega t + \varphi) = \sqrt{2}\,U\sin(2\pi f + \varphi) = 220\sqrt{2}\sin\left(100\pi t - \dfrac{\pi}{6}\right)\text{V}$$

(2) 将 $t = 0.01\,\text{s}$ 代入该电压瞬时值解析式得

$$u(0.01) = 220\sqrt{2}\sin\left(100\pi \times 0.01 - \dfrac{\pi}{6}\right) = 220\sqrt{2}\sin\left(\pi - \dfrac{\pi}{6}\right) \approx 155.6\,\text{V}$$

例 3-3　已知 $i = 10\sqrt{2}\sin(314t + 90°)\text{A}$，$u = 220\sqrt{2}\sin(314t - 30°)\text{V}$，试写出 i、u 的有效值相量，画出它们的相量图，并说明该电流、电压的相位关系。

解　i、u 为同频率正弦交流电，取它们的有效值和初相即构成相量。它们所对应的有效值相量分别为

$$\dot{I} = 10\angle 90°\,\text{A}$$

$$\dot{U} = 220\angle -30°\,\text{V}$$

其相量图如图 3-1 所示。

该电流、电压的相位差为

$$\varphi = \varphi_i - \varphi_u = 90° - (-30°) = 120°$$

即 i 超前 $u\,120°$。

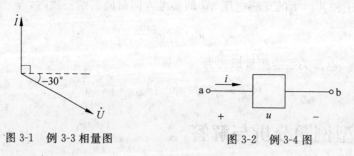

图 3-1　例 3-3 相量图　　　　　　　图 3-2　例 3-4 图

例 3-4　已知 $u_{\mathrm{ab}} = 100\sin\left(100\pi t + \dfrac{\pi}{3}\right)\text{V}$，$i_{\mathrm{ab}} = 50\sin\left(100\pi t - \dfrac{\pi}{6}\right)\text{mA}$，其参考方向如图 3-2 所示。(1)求该电压、电流的相位差。(2)当 $t = 20\,\text{ms}$ 时，求 u_{ab} 和 i_{ab} 的实际方向。(3)若电流的参考方向与图 3-2 中所示相反，写出 i_{ba} 的表达式，并求 i_{ba} 与电压 u_{ab} 的相位差及当 $t = 20\,\text{ms}$ 时 i_{ba} 的实际方向。

解　(1) 两者的相位差 $\varphi = \varphi_u - \varphi_i = \dfrac{\pi}{3} - \left(-\dfrac{\pi}{6}\right) = \dfrac{\pi}{2}$，即 u_{ab} 超前 $i_{\mathrm{ab}}\,\dfrac{\pi}{2}$。

(2) 当 $t=20\text{ms}$ 时，$u_{ab}(0.02)=100\sin\left(100\pi\times0.02+\dfrac{\pi}{3}\right)\text{V}>0$

$$i_{ab}(0.02)=50\sin\left(100\pi t\times0.02-\dfrac{\pi}{6}\right)\text{mA}<0$$

故当 $t=20\text{ms}$ 时，电压 u_{ab} 的实际方向与参考方向相同，电流 i_{ab} 的实际方向与参考方向相反。即电压 u_{ab} 的实际方向为从 a 到 b，而电流 i_{ab} 的实际方向为从 b 到 a。

(3) 若电流的参考方向与图 3-2 中所示相反，i_{ba} 的解析式为

$$i_{ba}=-i_{ab}=-50\sin\left(100\pi t-\dfrac{\pi}{6}\right)=50\sin\left(100\pi t-\dfrac{\pi}{6}+\pi\right)$$

$$=50\sin\left(100\pi t+\dfrac{5\pi}{6}\right)\text{mA}$$

i_{ba} 与电压 u_{ab} 的相位差为 $\varphi'=\varphi_u-\varphi_i'=\dfrac{\pi}{3}-\dfrac{5\pi}{6}=-\dfrac{\pi}{2}$，即 u_{ab} 滞后 i_{ba} $\dfrac{\pi}{2}$。

当 $t=20\text{ms}$ 时，$i_{ba}(0.02)=50\sin\left(100\pi t\times0.02+\dfrac{5\pi}{6}\right)\text{mA}>0$，故 i_{ba} 的实际方向为从 b 到 a。

例 3-5 已知 $i_1=6\sqrt{2}\sin(314t+30°)\text{A}$，$i_2=8\sqrt{2}\sin(314t-60°)\text{A}$，求 $i=i_1+i_2$。

解法一:（1）先用相量表示各正弦量。

$$\dot{I}_1=6\angle30°\text{A},\quad \dot{I}_2=8\angle-60°\text{A}$$

(2) 再求两相量之和。

$$\dot{I}=\dot{I}_1+\dot{I}_2=6\angle30°+8\angle-60°=10\angle-23.13°\text{A}$$

(3) 根据相量写出所对应的正弦量。

$$i=10\sqrt{2}\sin(314t-23.13°)\text{A}$$

解法二: 引入相量图后，可以用相量图的运算来解决一些正弦量的运算问题。$i=i_1+i_2$ 还可以按下面的方法求出。

(1) 先用相量表示各正弦量。

$$\dot{I}_1=6\angle60°\text{A},\quad \dot{I}_2=8\angle-30°\text{A}$$

(2) 在复平面上作出对应的相量 $\dot{I}_1$、$\dot{I}_2$，并作出两相量之和 $\dot{I}=\dot{I}_1+\dot{I}_2$，如图 3-3 所示。

(3) 根据图 3-3 所示相量图中三角形关系。因为

$$\varphi=30°-(-60°)=90°$$

所以 $I=\sqrt{I_1^2+I_2^2}=\sqrt{6^2+8^2}=10\text{A}$

$$\varphi=-\left(\arctan\dfrac{I_2}{I_1}-30°\right)=-\left(\arctan\dfrac{8}{6}-30°\right)$$

$$=-(53.13°-30°)=-23.13°$$

$$\dot{I}=10\angle-23.13°\text{A}$$

(4) 根据相量写出所对应的正弦量。

$$i=10\sqrt{2}\sin(314t-23.13°)\text{A}$$

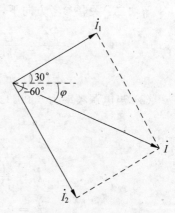

图 3-3 例 3-5 相量图

例 3-6 将一个 $10\text{k}\Omega$ 的电阻接到电压为 $u=220\sqrt{2}\sin(100\pi t+30°)\text{V}$ 的正弦交流电源上,求流过电阻的电流。

解法一:电压 $u=220\sqrt{2}\sin(100\pi t+30°)\text{V}$ 是正弦量,电流也是正弦量。在关联参考方向下,分别求出正弦电流的三要素。

$$I=\frac{U}{R}=\frac{220}{10\times10^{3}}=22\times10^{-3}\text{A}=22\text{mA}$$

$$\omega=100\pi\text{rad/s}$$

$$\varphi_i=\varphi_u=30°$$

由三要素写出电阻电流为

$$i=22\sqrt{2}\sin(100\pi t+30°)\text{mA}$$

解法二:关联参考方向下,$\dot{U}=R\dot{I}$,则

$$\dot{I}=\frac{\dot{U}}{R}=\frac{220\angle30°}{10\times10^{3}}=22\angle30°\text{mA}$$

$$i=22\sqrt{2}\sin(100\pi t+30°)\text{mA}$$

例 3-7 某空心线圈的电阻很小(可忽略),其电感系数 $L=0.0127\text{H}$,将其接在 $u=10\sqrt{2}\sin(100\pi t+30°)\text{V}$ 的正弦电源上。(1)求流过线圈的电流。(2)若其他不变,仅电源频率变为 5000Hz,求线圈电流。

解 (1)**解法一**:将空心线圈视为一个理想电感元件,已知其电压 $u=10\sqrt{2}\sin(314t+30°)\text{V}$ 是正弦量,电流也是正弦量。在关联参考方向下,分别求出电流三要素。

$$I=\frac{U}{X_L}=\frac{U}{\omega L}=\frac{10}{100\pi\times0.0127}=2.5\text{A}$$

$$\omega=100\pi\text{rad/s}$$

$$\varphi_i=\varphi_u-90°=-60°$$

由三要素写出线圈电流为

$$i=2.5\sqrt{2}\sin(100\pi t-60°)\text{A}$$

解法二:关联参考方向下,$\dot{U}=jX_L\dot{I}$,则

$$\dot{I}=\frac{\dot{U}}{jX_L}=\frac{\dot{U}}{j\omega L}=\frac{10\angle30°}{100\pi\times0.0127\angle90°}=2.5\angle-60°\text{A}$$

$$i=2.5\sqrt{2}\sin(100\pi t-60°)\text{A}$$

(2)当电源频率为 5000Hz 时,感抗为

$$X_L'=\omega'L=2\pi f'L=2\pi\times5000\times0.0127\approx400\Omega$$

所以

$$\dot{I}'=\frac{\dot{U}}{jX_L'}=\frac{10\angle30°}{400\angle90°}=0.025\angle-60°\text{A}$$

$$i'=0.025\sqrt{2}\sin(100\pi t-60°)\text{A}$$

例 3-8 将 $C=39.8\mu\text{F}$ 的电容元件接在 $u=10\sqrt{2}\sin(100\pi t+30°)\text{V}$ 的正弦电源上。

（1）求流过电容元件的电流。（2）若其他不变，仅电源频率变为 5000Hz，求电容的电流。

解 （1）解法一：已知电压 $u = 10\sqrt{2}\sin(100\pi t + 30°)$V 是正弦量，电流也是正弦量。在关联参考方向下，分别求出电流三要素。

$$X_C = \frac{1}{\omega C} = \frac{1}{100\pi \times 39.8 \times 10^{-6}} \approx 80\Omega$$

$$I = \frac{U}{X_C} = \frac{10}{80} = 0.125\text{A}$$

$$\omega = 100\pi\,\text{rad/s}$$

$$\varphi_i = \varphi_u + 90° = 120°$$

由三要素写出线圈电流为

$$i = 0.125\sqrt{2}\sin(100\pi t + 120°)\text{A}$$

解法二：关联参考方向下，$\dot{U} = -jX_C\dot{I}$，则

$$\dot{I} = \frac{\dot{U}}{-jX_C} = \frac{10\angle 30°}{80\angle -90°} = 0.125\angle 120°\text{A}$$

$$i = 0.125\sqrt{2}\sin(100\pi t + 120°)\text{A}$$

（2）当电源频率为 5000Hz 时，容抗为

$$X'_C = \frac{1}{\omega' C} = \frac{1}{31\,400 \times 39.8 \times 10^{-6}} \approx 0.8\Omega$$

所以

$$\dot{I}' = \frac{\dot{U}}{-jX'_C} = \frac{10\angle 30°}{0.8\angle 90°} = 12.5\angle 120°\text{A}$$

$$i' = 12.5\sqrt{2}\sin(100\pi t + 120°)\text{A}$$

例 3-9　RLC 串联电路如图 3-4 所示，已知正弦交流电压 $u = 220\sqrt{2}\sin 100\pi t$V，$R = 30\Omega$，$L = 445$mH，$C = 32\mu$F。试求：（1）电路呈什么性质；（2）电压 u 与电流 i 的相位差 φ；（3）电路中的电流 i；（4）电阻元件、电感元件、电容元件电压的有效值 U_R、U_L、U_C。

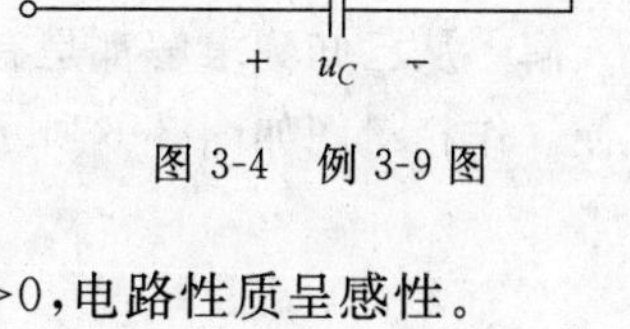

解法一：（1）先求感抗和容抗。

$$X_L = \omega L = 2\pi \times 50 \times 445 \times 10^{-3} \approx 140\Omega$$

$$X_C = \frac{1}{\omega C} = \frac{1}{2\pi \times 50 \times 32 \times 10^{-6}} \approx 100\Omega$$

图 3-4　例 3-9 图

因为 $X_L > X_C$，所以电路的电抗 $X = X_L - X_C > 0$，阻抗角 $\varphi > 0$，电路性质呈感性。

（2）电压 u 与电流 i 的相位差 φ 与阻抗角相同。

$$\varphi = \arctan\frac{X_L - X_C}{R} = \arctan\frac{140 - 100}{30} \approx 53.1°$$

电压 u 超前电流 $i\,53.1°$。

（3）先求电流 i 的有效值 I。

$$I = \frac{U}{|Z|} = \frac{U}{\sqrt{R^2 + (X_L - X_C)^2}} = \frac{220}{\sqrt{30^2 + (140 - 100)^2}} = 4.4\text{A}$$

由(2)可知,电压 u 超前电流 i 53.1°,所以电流 i 滞后电压 u 53.1°。电流 i 为

$$i = 4.4\sqrt{2}\sin(100\pi t - 53.1°)\text{A}$$

(4) 电阻元件、电感元件、电容元件电压的有效值 U_R、U_L、U_C 分别为

$$U_R = I \cdot R = 4.4 \times 30 = 132\text{V}$$

$$U_L = I \cdot \omega L = 4.4 \times 140 = 616\text{V}$$

$$U_C = I \cdot \frac{1}{\omega C} = 4.4 \times 100 = 440\text{V}$$

用相量三角形验证:

$$U = \sqrt{U_R^2 + (U_L - U_C)^2} = \sqrt{132 + (616 - 440)^2} = 220\text{V}$$

显然有效值电压不能直接求代数和。

解法二:先求电流相量 $\dot{I}$

$$X_L = \omega L = 2\pi \times 50 \times 445 \times 10^{-3} \approx 140\Omega$$

$$X_C = \frac{1}{\omega C} = \frac{1}{2\pi \times 50 \times 32 \times 10^{-6}} \approx 100\Omega$$

$$\dot{I} = \frac{\dot{U}}{R + j(X_L - X_C)} = \frac{220\angle 0°}{30 + j(140 - 100)} = 4.4\angle -53.1°\text{A}$$

由电流相量可写出其所对应的正弦电流 i

$$i = 4.4\sqrt{2}\sin(100\pi t - 53.1°)\text{A}$$

因为电流的初相为 $-53.1°$,所以电压 u 超前电流 i 53.1°,电路性质呈感性。由电流相量可知电流的有效值为 4.4A,因此可求出各元件电压的有效值。

$$U_R = I \cdot R = 4.4 \times 30 = 132\text{V}$$

$$U_L = I \cdot \omega L = 4.4 \times 140 = 616\text{V}$$

$$U_C = I \cdot \frac{1}{\omega C} = 4.4 \times 100 = 440\text{V}$$

例 3-10　如图 3-5 所示的正弦稳态电路中,已知 $U = 500\text{V}$,$U_R = 400\text{V}$,$U_L = 50\text{V}$,求 U_C 为多少?

解　从已知到求解都是有效值,那么针对有关有效值方面的问题,用相量图分析比较方便。作相量图如图 3-6 所示。

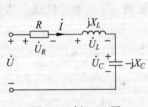

图 3-5　例 3-10 图

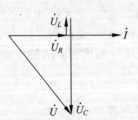

图 3-6　例 3-10 相量图

根据 KVL 定律的相量形式,结合相量图 3-6 有

$$(U_L - U_C)^2 = (U_C - U_L)^2 = U^2 - U_R^2 = 500^2 - 400^2 = 300^2$$

而已知 $U_L = 50$,显然 $U_C > U_L$,故 $U_C - U_L = 300\mathrm{V}$,则 $U_C = 350\mathrm{V}$。

例 3-11 图 3-7 所示为 RLC 并联正弦交流电路。已知端电压有效值 $U = 220\mathrm{V}$,电阻 $R = 100\Omega$,感抗 $X_L = 100\Omega$,容抗 $X_C = 50\Omega$。求总电流的有效值 I。

解 设 $\dot{U} = U\angle 0° = 220\angle 0°\mathrm{V}$,关联参考方向下,电阻、电感、电容元件相量关系为

$$\dot{I}_R = \frac{\dot{U}}{R}, \dot{I}_L = \frac{\dot{U}}{\mathrm{j}X_L}, \dot{I}_C = \frac{\dot{U}}{-\mathrm{j}X_C}, 根据相量形式的 KCL 得$$

$$\dot{I} = \dot{I}_R + \dot{I}_L + \dot{I}_C = \frac{220\angle 0°}{100} + \frac{220\angle 0°}{\mathrm{j}100} + \frac{220\angle 0°}{-\mathrm{j}50}$$

$$= 2.2 + \mathrm{j}2.2 = 3.11\angle 45°\mathrm{A}$$

所以总电流的有效值 $I = 3.11\mathrm{A}$。

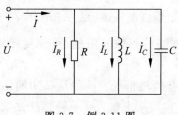

图 3-7 例 3-11 图

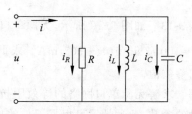

图 3-8 例 3-12 图

例 3-12 图 3-8 所示电路为正弦交流电路的一部分,已知电阻电流为 $i_R = 3\sqrt{2}\sin 314t\,\mathrm{A}$、感应电流为 $i_L = 4\sqrt{2}\sin(314t + 90°)\,\mathrm{A}$、电容电流为 $i_C = 8\sqrt{2}\sin(314t - 90°)\,\mathrm{A}$,求总电流 i。

解法一: 根据相量形式的 KCL 得

$$\dot{I} = \dot{I}_R + \dot{I}_L + \dot{I}_C$$

因为

$$\dot{I}_R = 3\angle 0°\mathrm{A}, \quad \dot{I}_L = 4\angle 90°\mathrm{A}, \quad \dot{I}_C = 8\angle -90°\mathrm{A}$$

所以

$$\dot{I} = \dot{I}_R + \dot{I}_L + \dot{I}_C = 3 + \mathrm{j}4 - \mathrm{j}8 = 3 - \mathrm{j}4 = 5\angle -53.13°\mathrm{A}$$

$$i = 5\sqrt{2}\sin(314t - 53.13°)\mathrm{A}$$

解法二: 用相量图求解。根据相量形式的 KCL 得

$$\dot{I} = \dot{I}_R + \dot{I}_L + \dot{I}_C$$

作相量图如图 3-9 所示。

由图可知

$$I = \sqrt{I_R^2 + (I_L - I_C)^2} = \sqrt{3^2 + (4 - 8)^2} = 5\mathrm{A}$$

(提示:由于 $\dot{I}_L$ 与 $\dot{I}_C$ 反相,其和 $\dot{I}_L + \dot{I}_C$ 的大小是 $I_C - I_L$,而不是 $I_L + I_C$。)

$$\varphi = \arctan \frac{I_L - I_C}{I_R} = \arctan \frac{-4}{3} = -53.13°$$

故 $i = 5\sqrt{2}\sin(314t - 53.13°)\text{A}$。

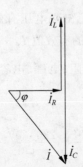

图 3-9　例 3-12 相量图

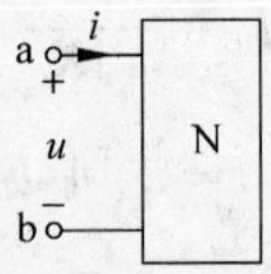

图 3-10　例 3-13 图

例 3-13　如图 3-10 所示,无源单口网络 N,已知端口电压 $u = 2\sqrt{2}\sin(10^4 t + 30°)\text{V}$,电流 $i = 100\sqrt{2}\sin(10^4 t + 60°)\text{mA}$。求此无源单口网络的等效复阻抗、等效复导纳、等效元件的参数值。

解　求解无源单口网络的等效阻抗、等效导纳有两种情况:一种是已知网络的结构及元件的参数,此种情况可根据元件的串、并联等连接关系求解;另一种是已知端口的电压和电流,此种情况可根据阻抗等于端口的电压相量和电流相量之比进行求解,本题属于后一种情况。

端口电压、电流所对应的相量分别为

$$\dot{U} = 2\angle 30°\text{V}, \quad \dot{I} = 100\angle 60°\text{mA} = 0.1\angle 60°\text{A}$$

等效复阻抗为

$$Z = \frac{\dot{U}}{\dot{I}} = \frac{2\angle 30°}{0.1\angle 60°} = 20\angle -30°\ \Omega$$

等效电阻为

$$R = |Z|\cos\varphi = 20\cos(-30°) = 17.32\ \Omega$$

等效电抗为

$$X = |Z|\sin\varphi = 20\sin(-30°) = -10\ \Omega$$

由于 $X < 0$,端口呈容性,因此可以用电阻与电容的组合来等效,现在已求解出等效复阻抗的形式,则可以表示为它们的串联组合,其相量模型及时域模型如图 3-11 所示。

图 3-11(a)所示相量模型对应的参数值为

$$R = 17.32\ \Omega, \quad -jX_C = -j10\ \Omega$$

图 3-11(b)所示时域模型对应的参数值为

$$R = 17.32\ \Omega, \quad C = \frac{1}{\omega X_C} = \frac{1}{10^4 \times 10} = 10\mu\text{F}$$

单口网络的等效复导纳为

$$Y = \frac{\dot{I}}{\dot{U}} = \frac{0.1\angle 60°}{2\angle 30°} = 0.05\angle 30° \text{S}$$

等效电导为

$$G = |Y|\cos\varphi = 0.05\cos 30° = 0.0433\text{S}$$

等效电纳为

$$B = |Y|\sin\varphi = 0.05\sin 30° = 0.025\text{S}$$

由于 $B>0$，端口呈容性，现在已求解出等效复导纳的形式，则又可以用电阻与电容的并联组合进行等效，它的相量模型及时域模型如图 3-12 所示。

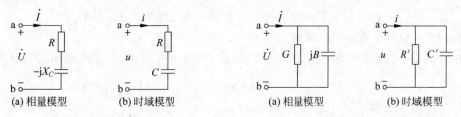

(a) 相量模型　　(b) 时域模型　　　　　　　　(a) 相量模型　　(b) 时域模型

图 3-11　电阻与电容的串联组合　　　　　图 3-12　电阻与电容的并联组合

图 3-12(a)所示相量模型对应的参数值为

$$G = 0.0433\text{S}, \quad jB = j0.025\text{S}$$

图 3-12(b)所示时域模型对应的参数值为

$$R' = \frac{1}{G} = \frac{1}{0.0433} = 23.1\Omega, \quad C' = \frac{B}{\omega} = \frac{0.025}{10^4} = 2.5\mu\text{F}$$

由本例的分析计算可知，任意一个无源单口网络用复阻抗表示或复导纳表示时，电路的性质是不变的，不过表示为元件的串联与表示为并联的参数值是不同的。

例 3-14　电路如图 3-13 所示，已知电压源 $\dot{U}_S = 20\angle 90°\text{V}$，电流源 $\dot{I}_S = 10\angle 0°\text{A}$，求 $\dot{I}$。

解　本例属于比较基本的用相量法分析正弦稳态电路的问题，直流电路中的分析方法仍然适用，不过在分析计算过程中要注意所涉及的是复数方程。下面分别用 4 种方法进行求解。

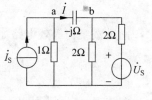

图 3-13　例 3-14 图

解法一：应用叠加定理求解。

先计算电流源单独作用的情况。将电压源置零，代之以短路，如图 3-14(a)所示。

$$\dot{I}' = \frac{1}{1 + \left(\frac{2\times 2}{2+2} - j\right)} \times 10\angle 0° = (4+j2)\text{A}$$

再计算电压源单独作用的情况。将电流源置零，代之以开路，如图 3-14(b)所示。

$$-\dot{I}'' = \frac{20\angle 90°}{2 + \frac{2(1-j)}{2+(1-j)}} \times \frac{2}{2+(1-j)} = (-2+j4)\text{A}$$

$$\dot{I}'' = (2-j4)\text{A}$$

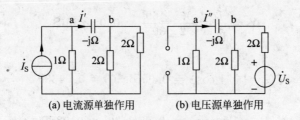

(a) 电流源单独作用　　　(b) 电压源单独作用

图 3-14　应用叠加定理求解

所以有

$$\dot{I} = \dot{I}' + \dot{I}'' = 4 + j2 + 2 - j4 = 6.325\angle -18.4°\,\text{A}$$

解法二： 应用戴维南定理求解。

断开图 3-13 电路中的电容待求支路，如图 3-15(a) 所示，求 ab 端口的开路电压

$$\dot{U}_{OC} = 1 \times 10\angle 0° - 20\angle 90° \times \frac{2}{2+2} = (10 - j10)\,\text{V}$$

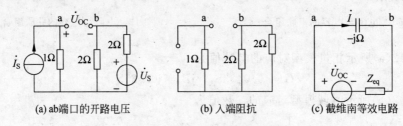

(a) ab 端口的开路电压　　　(b) 入端阻抗　　　(c) 戴维南等效电路

图 3-15　应用戴维南定理求解

将电流源、电压源置零，如图 3-15(b) 所示，其入端阻抗为

$$Z_{eq} = 1 + \frac{2 \times 2}{2+2} = 2\,\Omega$$

画出戴维南等效电路如图 3-15(c) 所示，则有

$$\dot{I} = \frac{\dot{U}_{OC}}{Z_{eq} - jX_C} = \frac{10 - j10}{2 - j} = 6 - j2 = 6.325\angle -18.4°\,\text{A}$$

解法三： 应用节点电压法求解。选取 c 点为参考节点，如图 3-16 所示。

节点电压方程为

$$\begin{cases} (1+j)\dot{U}_a - j\dot{U}_b = 10\angle 0° \\ -j\dot{U}_a + \left(\dfrac{1}{2} + \dfrac{1}{2} + j\right)\dot{U}_b = \dfrac{20\angle 90°}{2} \end{cases}$$

解得

$$\dot{U}_a = (4 + j2)\,\text{V}, \quad \dot{U}_b = (6 + j8)\,\text{V}$$

则有

$$\dot{I} = \frac{\dot{U}_a - \dot{U}_b}{-j} = \frac{4 + j2 - (6 + j8)}{-j} = 6 - j2 = 6.325\angle -18.4°\,\text{A}$$

解法四：应用网孔电流法求解。选择 3 个网孔电流参考方向如图 3-17 所示。

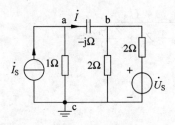

图 3-16 应用节点电压法求解

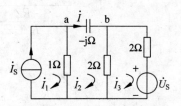

图 3-17 应用网孔电流法求解

网孔电流方程为

$$\begin{cases} \dot{I}_1 = \dot{I}_S = 10\angle 0° \\ -1 \times \dot{I}_1 + (3-j)\dot{I}_2 - 2\dot{I}_3 = 0 \\ -2\dot{I}_2 + 4\dot{I}_3 = -20\angle 90° \end{cases}$$

解得

$$\dot{I} = \dot{I}_2 = 6 - j2 = 6.325\angle -18.4°A$$

例 3-15　图 3-18 所示正弦稳态电路中，$U=100V$，$I=5A$，且 $\dot{U}$ 超前 $\dot{I}$ 53.1°，求 R，X_L。

解法一：令 $\dot{U}=100\angle 0°V$，则 $\dot{I}=5\angle -53.1°A$

$$Y = \frac{\dot{I}}{\dot{U}} = \frac{5\angle -53.1°}{100\angle 0°} = \frac{1}{20}\angle -53.1° = \left(\frac{3}{100} - j\frac{1}{25}\right)S$$

又因为 $Y = \dfrac{1}{R} - j\dfrac{1}{X_L}$，所以

$$R = \frac{100}{3}\Omega, \quad X_L = 25\Omega$$

解法二：令 $\dot{U}=100\angle 0°V$，因为 $\dot{I}_R$ 与 $\dot{U}$ 同相，$\dot{I}_L$ 滞后 $\dot{U}$ 90°，所以 $\dot{I}_R$ 初相为 0°，$\dot{I}_L$ 初相为 $-90°$。

又因为 $I=5A$，且 $\dot{U}$ 超前 $\dot{I}$ 53.1°，所以

$$\dot{I} = 5\angle -53.1° = (3-j4)A$$

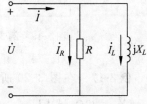

图 3-18 例 3-15 图

而 $\dot{I} = \dot{I}_R + \dot{I}_L$，故 $\dot{I}_R = 3A$，$\dot{I}_L = -j4A$，则 $I_R = 3A$，$I_L = 4A$，有

$$R = \frac{U}{I_R} = \frac{100}{3}\Omega$$

$$X_L = \frac{U}{I_L} = \frac{100}{4} = 25\Omega$$

例 3-16　在图 3-19 所示的电路中，调节 R 可使电流 $\dot{I}_2$ 与电压源电压 $\dot{U}_S$ 的相位差为 90°，已知 $Z_1 = (200+j1000)\Omega$，$Z_2 = (500+j1500)\Omega$，求 R 值。

解 依题意可求得流过 Z_2 的电流为

$$\dot{I}_2 = \frac{\dot{U}_S}{Z_1 + \dfrac{RZ_2}{R + Z_2}} \cdot \frac{R}{R + Z_2} = \frac{\dot{U}_S}{Z_1 + Z_2 + \dfrac{Z_1 + Z_2}{R}}$$

则

$$\frac{\dot{U}_S}{\dot{I}_2} = Z_1 + Z_2 + \frac{Z_1 + Z_2}{R}$$

$$= (200 + j1000) + (500 + j1500) + \frac{(200 + j1000) + (500 + j1500)}{R}$$

$$= \left(200 + 500 + \frac{200 \times 500 - 1000 \times 1500}{R}\right)$$

$$+ j\left(1000 + 1500 + \frac{200 \times 1500 + 500 \times 1000}{R}\right)$$

欲使电流 $\dot{I}_2$ 与电压源电压 $\dot{U}_S$ 的相位差为 $90°$，$\dfrac{\dot{U}_S}{\dot{I}_2}$ 这一复数的实部需为零，即

$$200 + 500 + \frac{200 \times 500 - 1000 \times 1500}{R} = 0$$

可求得

$$R = \frac{1000 \times 1500 - 200 \times 500}{200 + 500} = 2000\Omega$$

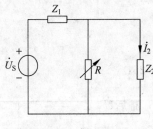

图 3-19 例 3-16 图

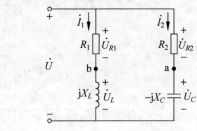

图 3-20 例 3-17 图

例 3-17 在图 3-20 所示正弦稳态电路中，已知电源电压 $\dot{U} = 80\angle 0°\text{V}$，$R_1 = R_2 = X_L = X_C = 20\Omega$，试求 $\dot{U}_{ab}$。

解法一：用相量计算求解。

$$\dot{I}_1 = \frac{\dot{U}}{R_1 + jX_L} = \frac{80\angle 0°}{20 + j20} = 2\sqrt{2}\angle -45°\text{A}$$

$$\dot{U}_{R1} = R_1\dot{I}_1 = 20 \times 2\sqrt{2}\angle -45° = 40\sqrt{2}\angle -45°\text{V}$$

$$\dot{I}_2 = \frac{\dot{U}}{R_2 - jX_C} = \frac{80\angle 0°}{20 - j20} = 2\sqrt{2}\angle 45°\text{A}$$

$$\dot{U}_{R2} = R_2\dot{I}_2 = 20 \times 2\sqrt{2}\angle 45° = 40\sqrt{2}\angle 45°\text{V}$$

$$\dot{U}_{ab} = \dot{U}_{R1} - \dot{U}_{R2} = 40\sqrt{2}\angle -45^\circ - 40\sqrt{2}\angle 45^\circ = (40-j40)-(40+j40)$$

$$= -j80 = 80\angle -90^\circ V$$

解法二：用相量图求解。以电压源电压 $\dot{U}$ 为参考相量，作
出相量图如图 3-21 所示。由相量图可知，$\dot{U}_{ab}$ 的有效值 $U_{ab} =$
$U = 80V$，$\dot{U}_{ab}$ 滞后 $\dot{U}90^\circ$，所以

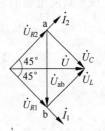

$$\dot{U}_{ab} = 80\angle -90^\circ V$$

例 3-18　如图 3-22 所示，无源单口网络 N，已知端口电压
$u = 220\sqrt{2}\sin(314t+73.1^\circ)V$，电流 $i = 4.4\sqrt{2}\sin(314t+20^\circ)A$。
求此无源单口网络的有功功率、无功功率、视在功率和复
功率。

图 3-21　例 3-17 相量图

解法一：根据端口电压、电流可求得

$$P = UI\cos\varphi = 220\times 4.4\times\cos(73.1^\circ-20^\circ) = 580.8W$$

$$Q = UI\sin\varphi = 220\times 4.4\times\sin(73.1^\circ-20^\circ) = 774.4Var$$

$$S = UI = 220\times 4.4 = 968V\cdot A$$

$$\widetilde{S} = P+jQ = (580.8+j774.4)V\cdot A$$

解法二：由端口电压、电流可求得复功率

$$\widetilde{S} = \dot{U}\dot{I}^* = 220\angle 73.1^\circ\times 4.4\angle -20^\circ = 968\angle 53.1^\circ = (580.8+j774.4)V\cdot A$$

根据 $\widetilde{S} = S\angle\varphi = P+jQ$，可知 $S = 968V\cdot A$，$P = 580.8W$，$Q = 774.4Var$。

图 3-22　例 3-18 图

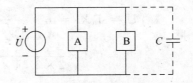

图 3-23　例 3-19 图

例 3-19　如图 3-23 所示电路中，已知电压源电压 $\dot{U} = 200\angle 0^\circ V$。A 为电阻性负载，
它的有功功率 $P_A = 5kW$。B 为感性负载，其视在功率 $S_B = 5kV\cdot A$，功率因数为 0.5。
(1)求电路总的功率因数。(2)欲使电路的总功率因数提高到 0.92，应并联多大的电容？

解　(1) 电路总的有功功率为

$$P = P_A+P_B = P_A+S_B\cdot\cos\varphi_B = 5+6\times 0.5 = 8kW$$

电路总的无功功率为

$$Q = Q_A+Q_B = 0+S_B\sin\varphi_B = 6\times 0.866\approx 5.2kVar$$

电路总的视在功率为

$$S = \sqrt{P^2+Q^2} = \sqrt{8^2+5.2^2}\approx 9.54kV\cdot A$$

电路总的功率因数为

$$\cos\varphi = \frac{P}{S} = \frac{8}{9.54} \approx 0.838$$

（2）欲使电路的总功率因数提高到 0.92，即 $\cos\varphi' = 0.92$，应并联的电容为

$$C = \frac{P}{\omega U^2}(\tan\varphi - \tan\varphi')$$

$$= \frac{P}{\omega U^2}\left[\frac{\sqrt{1-\cos^2\varphi}}{\cos\varphi} - \frac{\sqrt{1-\cos^2\varphi'}}{\cos\varphi'}\right]$$

$$= \frac{8}{100\pi \times 220^2}\left(\frac{\sqrt{1-0.838^2}}{0.838} - \frac{\sqrt{1-0.92^2}}{0.92}\right)$$

$$= \frac{8}{100\pi \times 220^2}(0.65 - 0.43)$$

$$\approx 117\mu F$$

例 3-20　在电阻、电感、电容元件串联的交流电路中，已知电源电压 $U = 1V$，$R = 10\Omega$，$L = 4mH$，$C = 160pF$。试求当电路发生谐振时的频率、电流、品质因数、电容元件上的电压。

解　谐振时

$$f_0 = \frac{1}{2\pi\sqrt{LC}}$$

$$= \frac{1}{2 \times 3.14\sqrt{4 \times 10^{-3} \times 160 \times 10^{-6}}}$$

$$= 199.1kHz$$

$$I_0 = \frac{U}{R} = \frac{1}{10} = 0.1A$$

$$U_C = I_0 X_C = I_0 \cdot \frac{1}{2\pi f_0 C}$$

$$= 0.1 \times \frac{1}{2 \times 3.14 \times 199.1 \times 10^3 \times 160 \times 10^{-12}}$$

$$= 500V$$

$$Q = \frac{U_C}{U} = \frac{500}{1} = 500$$

例 3-21　两耦合线圈同名端如图 3-24 所示，若 $u_1 = 220\sqrt{2}\sin\omega t V$，且 $R_1 = 30\Omega$，$\omega L_1 = 40\Omega$，$\omega M = 20\Omega$。当 2、2′端开路时，求 u_2。

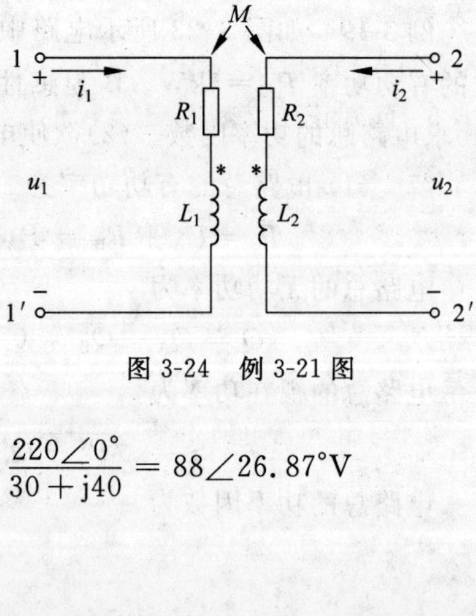

解　当 2、2′开路时，$\dot{I}_2 = 0$，有

$$\begin{cases} \dot{U}_1 = R_1\dot{I}_1 + j\omega L_1\dot{I}_1 \\ \dot{U}_2 = j\omega M\dot{I}_1 \end{cases}$$

整理得

图 3-24　例 3-21 图

$$\dot{U}_2 = j\omega M\dot{I}_1 = j\omega M\frac{\dot{U}_1}{R_1 + j\omega L_1} = j20 \times \frac{220\angle 0°}{30 + j40} = 88\angle 26.87°V$$

所以
$$u_2 = 88\sqrt{2}\sin(\omega t + 26.87°)\text{V}$$

3.4　习题训练与练习

3.4.1　正弦量的三要素

一、填空题

1. 我国电力系统的交流标准频率(简称工频)为_____。

2. 交流电流表或交流电压表指示的数值一般情况下都是被测正弦量的_____。

3. 正弦交流电的三要素为_____。

4. 已知正弦电压 $U_m = 210\text{V}$，$\varphi_u = -30°$，正弦电流 $I_m = 10\text{A}$，电流超前电压 $60°$ 相位角，则电压电流瞬时值解析式 u 和 i 可表示为_____。

5. 直流电流为 10A 和交流电流有效值为 10A 的两电流，在相同的时间内分别通过阻值相同的两电阻，则两电阻的_____是相等的。

二、选择题

1. 已知某正弦交流电压的周期为 10ms，有效值为 220V，在 $t = 0$ 时正处于由正值过渡为负值的零值，则其表达式可写为(　　)。

　　A. $u = 380\sin(100t + 180°)\text{V}$ 　　　　B. $u = 311\sin(200\pi t + 180°)\text{V}$

　　C. $u = 220\sin(628t + 180°)\text{V}$ 　　　　D. $u = -311\sin 100\pi t\ \text{V}$

2. 与电流相量 $\dot{I} = (4 + j3)\text{A}$ 对应的正弦电流可写为 $i = ($　　$)$。

　　A. $5\sin(\omega t + 53.1°)\text{A}$ 　　　　B. $5\sqrt{2}\sin(\omega t + 36.9°)\text{A}$

　　C. $5\sqrt{2}\sin(\omega t + 53.1°)\text{A}$ 　　　　D. $5\sin(\omega t + 36.9°)\text{A}$

3. 用幅值(最大值)相量表示正弦电压 $u = 537\sin(\omega t - 90°)\text{V}$ 时，可写为(　　)。

　　A. $\dot{U}_m = 537\angle -90°\text{V}$ 　　　　B. $\dot{U}_m = 537\angle 90°\text{V}$

　　C. $\dot{U}_m = 537\angle(\omega t - 90°)\text{V}$ 　　　　D. $\dot{U}_m = 759\angle -90°\text{V}$

4. 已知两正弦交流电流 $i_1 = 5\sin(314t + 60°)\text{A}$，$i_2 = 10\sin(314t - 60°)\text{A}$，则两者的相位关系是(　　)。

　　A. 同相　　　　B. 反相　　　　C. i_1 超前 i_2 $120°$　　　　D. i_1 滞后 i_2 5A

5. 已知正弦交流电压 $u = 100\sin(2\omega t + 60°)\text{V}$，其频率为(　　)。

　　A. 50Hz　　　　B. 2πHz　　　　C. 2Hz　　　　D. 1Hz

三、计算题

1. 已知 $u = 100\sin(\omega t + 10°)\text{V}$，$i_1 = 2\sin(\omega t + 100°)\text{A}$，$i_2 = -4\sin(\omega t + 190°)\text{A}$，$i_3 = 5\cos(\omega t - 10°)\text{A}$。试写出电压和各电流的有效值、初相位，并求电压超前于电流的相位差。

2. 写出下列电压、电流相量所代表的正弦电压和电流(设角频率为 ω)。

(1) $\dot{U}_m = 10\angle -10°\text{V}$ 　　(2) $\dot{U} = (-6 - j8)\text{V}$ 　　(3) $\dot{I} = -30\text{A}$

3. $u = 200\sin(100\pi t + 60°)\text{V}$，求此交流电压的振幅 U_m、f、T、相位、初相位。

4. 用相量图表示 $u_1 = 60\sin(\omega t + 60°)\text{V}$、$u_2 = 30\sin(\omega t - 30°)\text{V}$。

5. 已知交流电压 $\dot{U}_1 = 100\angle 42°\text{V}$，$\dot{U}_2 = 60\angle -36°\text{V}$，$\dot{U}_3 = 50\angle 140°\text{V}$，求 $\dot{U}_1 + \dot{U}_2 + \dot{U}_3$。

6. 已知 $\dot{A} = 4 + j3$，$\dot{B} = 5 + j6$，求 $\dot{A}\dot{B}$ 和 $\dfrac{\dot{A}}{\dot{B}}$。

7. 已知两个同频率变化正弦量的相量形式为 $\dot{U} = 10\angle 23.35°\text{V}$，$\dot{I} = 5\sqrt{2}\angle -42.3°\text{A}$ 且 $f = 50\text{Hz}$，试写出它们对应的瞬时表达式。

8. 设已知两个正弦电流分别为

$$i_1 = \sqrt{2}\sin(100\pi t + 30°)\text{mA}, \quad i_2 = 2\sqrt{2}\sin(100\pi t - 45°)\text{mA}$$

求 $i_1 + i_2$ 和 $i_1 - i_2$。

9. 求下列正弦量的周期、频率、初相、最大值、有效值。

(1) $10\cos 628t\,\text{mA}$　　(2) $120\sin(4\pi t + 34°)\text{V}$　　(3) $(50\cos 100t + 50\sin 100t)\text{V}$

10. 如果 $i = 2.5\sin(100\pi t - 30°)\text{A}$，求当 u 为下列表达式时，u 与 i 的相位差，并说出两者超前或滞后的关系。

(1) $u = 100\sin(100\pi t + 10°)\text{V}$　　　　　　(2) $u = 70\sin\left(100\pi t - \dfrac{\pi}{3}\right)\text{V}$

(3) $u = -100\sin 100\pi t\,\text{V}$　　　　　　　　(4) $u = -30\cos(100\pi t - 10°)\text{V}$

3.4.2　R、L、C 元件的伏安关系

一、填空题

1. 纯电感交流电路中，电流的相位_____电压 90°。

2. 纯电容交流电路中，电流的相位_____电压 90°。

3. 对纯电感电路，若保持电源电压有效值不变，仅增大电源的频率，则此时电路中的电流有效值将_____。

4. 对纯电容电路，若保持电源电压有效值不变，仅增大电源的频率，则此时电路中的电流有效值将_____。

5. 正弦交流电的频率越高，通电线圈的感抗_____。

二、选择题

1. 在纯电阻正弦交流电路中的关联参考方向下，电阻两端的电压和电流的相位关系为（　　）。

　　A. 电压超前电流 90°　　　　　　B. 电压和电流同相

　　C. 电压滞后电流 90°　　　　　　D. 电压超前电流 60°

2. 在正弦交流电路中电容器的容抗与频率的关系为（　　）。

　　A. 容抗与频率有关，且频率增大时，容抗减小

　　B. 容抗大小与频率无关

　　C. 容抗与频率有关，且频率增大时，容抗增大

　　D. 容抗大小与电源电压的大小有关

3. 在纯电容的正弦交流电路中,下列说法正确的是(　　　)。

　　A. 电容器隔交流,通直流　　　　　B. 电容器通交流,隔直流

　　C. 电流的相位滞后电压 90°　　　　D. 电流和电压的关系为 $i=u/X_C$

4. 在纯电感的正弦交流电路中,下列说法正确的是(　　　)。

　　A. 电感元件通高频,阻低频　　　　B. 电感元件通低频,阻高频

　　C. 电流的相位超前电压 90°　　　　D. 电流和电压的关系为 $i=u/X_L$

三、计算题

1. 将正弦电压 $u=10\sin(314t+30°)\mathrm{V}$ 施加于电阻为 5Ω 的电阻元件上,在关联参考方向下,求通过该电阻元件的电流 i。

2. 将正弦电压 $u=10\sin(314t+30°)\mathrm{V}$ 施加于感抗 $X_L=5\Omega$ 的电感元件上,在关联参考方向下,求通过该电感元件的电流 i。

3. 正弦电压 $\dot U=10\angle30°\mathrm{V}$ 施加于容抗 $X_C=5\Omega$ 的电容元件上,在关联参考方向下,求通过该电容元件的电流相量 $\dot I$。

4. 已知电路中某元件上电压 u 和 i 分别为 $u=-10\sin314t\mathrm{V}$,$i=10\cos314t\mathrm{A}$。求(1)元件的性质;(2)元件的复阻抗;(3)储存能量的最大值。

3.4.3　正弦交流电路的相量法分析

一、填空题

1. 在电阻、电感和电容串联的正弦交流电路中,已知电阻 $R=2\Omega$,容抗 $X_C=8\Omega$,感抗 $X_L=8\Omega$,则电路的阻抗 Z 为_____。

2. 如图 3-25 所示电路,若 $u=100\sqrt2\sin(100\pi t+10°)\mathrm{V}$,$i=2\sqrt2\sin(100\pi t+45°)\mathrm{A}$,则无源电路 N 的等效阻抗 $Z_N=$_____。

3. 对 RC 串联电路,当电路的角频率 $\omega=1\mathrm{rad/s}$ 时,其等效阻抗 $Z=(5-\mathrm{j}2)\Omega$,当 $\omega=2\mathrm{rad/s}$ 时,其等效阻抗 $Z=$_____。

4. 如图 3-26 所示电路,已知电压表 $\mathrm{V_1}$、$\mathrm{V_2}$ 分别为 3V、4V,则电压表 V 的数值为_____。

5. 如图 3-27 所示电路,已知电流表 $\mathrm{A_1}$、$\mathrm{A_2}$ 的数值均为 10A,求电流表 A 的读数为_____。

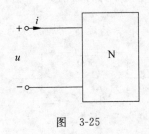

图　3-25

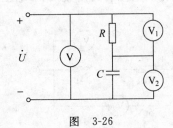

图　3-26

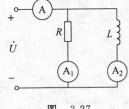

图　3-27

6. 如图 3-28 所示电路,已知 $I_1\neq0$,当 $I=I_2$ 时,$X_C=$_____。

二、选择题

1. 如图 3-29 所示正弦稳态电路,已知电源 U_S 的频率为 f 时,电流表 A 和 $\mathrm{A_1}$ 的读

数分别为 0 和 2A；若 U_s 的频率变为 $f/2$，而幅值不变，则电流表 A 的读数为（　　）。

A. 0 　　　　 B. 1A 　　　　 C. 3A 　　　　 D. 4A

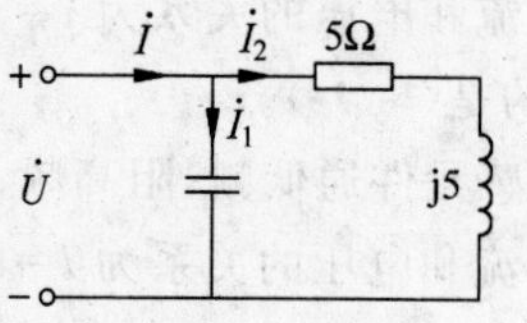

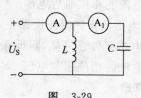

图 3-28 　　　　　　　　　　　　　　　图 3-29

2. 某一频率时，测得下列电路的阻抗，结果合理的是（　　）。

A. RC 电路 $Z=(5+j2)\Omega$ 　　　　 B. RL 电路 $Z=(5-j2)\Omega$

C. RLC 电路 $Z=20\Omega$ 　　　　 D. LC 电路 $Z=(5+j2)\Omega$

3. 下列叙述正确的是（　　）。

A. 若某二端无源电路的阻抗为 $(5+j2)\Omega$，则其导纳为 $(0.2+j0.5)S$

B. R、L、C 元件相并联的电路，若 L 和 C 上电流的参考方向与并联电路两端的方向关联，则 L 和 C 上的电流一定反向

C. 某感性阻抗，当频率增大时，该阻抗的模随之减小

D. 一正弦稳态的 RLC 串联支路，支路两端电压的有效值一定大于其中每个元件的有效值

4. 如图 3-30 所示电路，已知 $\omega L=340\Omega$、$\dfrac{1}{\omega C}=300\Omega$、$R=40\Omega$，若 $\dot U_s$ 的初相为零，则 I_R 的初相等于（　　）。

A. $45°$ 　　　 B. $90°$ 　　　 C. $-90°$ 　　　 D. $0°$

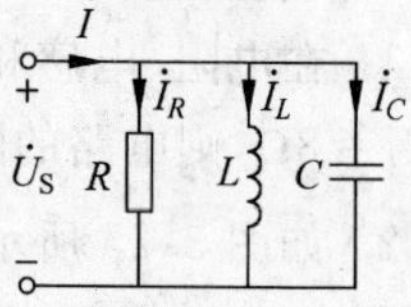

图 3-30

三、计算题

1. 图 3-31 所示电路中，已知电压 $u=220\sqrt{2}\sin100\pi t\text{V}$，$R=11\Omega$，$L=211\text{mH}$，$C=65\mu\text{F}$。求各元件的电压。

2. 图 3-32 所示电路中已标明电压表 V_1 和 V_2 的读数，试求电压相量 $\dot U$ 和电流相量 $\dot I$ 的有效值。

3. 图 3-33 所示电路中已标明电流表的读数，试求电压 u 和电流 i 的有效值。

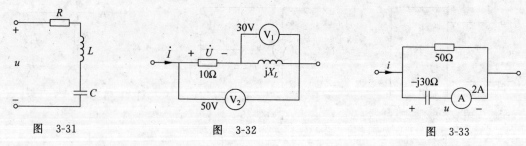

图 3-31 　　　　　　　　 图 3-32 　　　　　　　　 图 3-33

4. 如图 3-34 所示串联电路中，已知 $\dot U=112\angle53.1°\text{V}$，$\dot I=10\angle42.7°\text{A}$，$Z_1=8+j6\Omega$，求 Z_2。

5. 图 3-35 所示电路中，$u = 10\sqrt{2}\sin(1000t + 60°)\,\text{V}$，$u_C = 5\sqrt{2}\sin(1000t - 30°)\,\text{V}$，容抗 $X_C = 10\,\Omega$。求无源二端网络 N 的复阻抗 Z。

6. 当 $\omega = 10\,\text{rad/s}$ 时，图 3-36（a）电路可等效为图 3-36（b），已知 $R = 10\,\Omega$，$R' = 12.5\,\Omega$，求图 3-36（a）电路中的 L 和图 3-36（b）电路中的 L'。

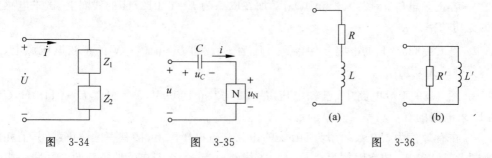

图　3-34　　　　　　图　3-35　　　　　　图　3-36

7. 图 3-37 所示电路中，当正弦电压源的频率为 50Hz 时，电压表和电流表的读数分别为 100V 和 15A；当频率为 100Hz 时，读数为 100V 和 10A。试求电阻 R 和电感 L。

8. 在图 3-38 所示电路中，欲使电压 u 与电流 i 同相，求电容 C 与 ω、R、L_1、L_2 的关系。

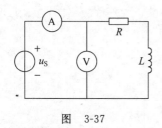
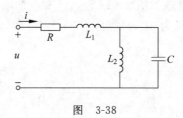

图　3-37　　　　　　　　　　图　3-38

3.4.4　正弦交流电路的功率

一、填空题

1. 正弦电路中，电感元件的有功功率 $P = $ _____。

2. 正弦电路中，电容元件的有功功率 $P = $ _____。

3. RL 串联正弦稳态电路中，已知 $U_R = U_L$，则此电路的功率因数为 _____。

4. RL 串联正弦稳态电路中，$P = 300\text{W}$，$Q = 400\text{Var}$，则功率因数为 _____。

5. RLC 并联正弦稳态电路中，$P = 80\text{W}$，$Q = 60\text{Var}$，则 $S = $ _____。

二、选择题

1. RL 并联正弦稳态电路中，若仅增大 L，则电路功率因数（　　　）。

　　A. 增大　　　　　　　　　　　　B. 减小

　　C. 不变　　　　　　　　　　　　D. 先增大后减小

2. RL 串联正弦稳态电路中，$P = 100\text{W}$，$Q = 200\text{Var}$，则（　　　）。

　　A. $S < 300\text{V·A}$　　　　　　　B. $S > 300\text{V·A}$

　　C. $S = 300\text{V·A}$　　　　　　　D. S 无法确定

3. RLC 并联正弦稳态电路中，若 $I_R=3A$，$I_L=6A$，$I_C=9A$，则此电路的功率因数为（　　）。

　　A. 0.5　　　　　B. 0.6　　　　　C. 0.707　　　　　　　D. 1

三、计算题

1. 若正弦电压 $u=220\sqrt{2}\sin100\pi t\,V$ 加在电感为 $L=0.0127H$ 的线圈上，试求电感元件的无功功率。

2. 将 $C=38.5\mu F$ 的电容元件接到电压为 $u=220\sqrt{2}\sin100\pi t\,V$ 的正弦电压源上，求电容元件的无功功率。

3. 图 3-39 所示电路中，已知电压 $u=220\sqrt{2}\sin100\pi t\,V$，$R=11\Omega$，$L=211mH$，$C=65\mu F$，求电路的有功功率及功率因数。

4. 在有效值为 380V、频率为 50Hz 的正弦交流电压源上，接有一感性负载，其消耗的平均功率为 20kW，功率因数为 0.6。(1)求线路电流。(2)若在感性负载两端并联一组电容器，其等值电容为 $374\mu F$，求线路电流及总功率因数。

5. 用三表法(电压表、电流表和功率表)测量负载等效阻抗的电路如图 3-40 所示，现已知电压表、电流表、功率表读数分别为 50V、1A 和 30W，若各表均为理想仪表，且电源频率为 50Hz，求负载的等效电阻和等效电感。

6. 电路如图 3-41 所示，已知电源电压 $\dot{U}=100\angle0°V$，$Z_0=(5+j10)\Omega$。求当负载阻抗 Z_L 分别为 5Ω、11.2Ω、$(5-j10)\Omega$ 时，负载的有功功率。

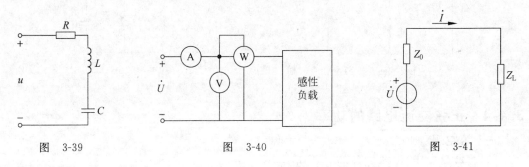

图 3-39　　　　　　　　　图 3-40　　　　　　　　　图 3-41

7. 图 3-42 所示电路，已知 $U_1=100V$，$I_1=10A$，电源输出功率 $P=500W$。求负载阻抗及端电压 U_2。

8. 已知图 3-43 所示电路中负载 1 和 2 的平均功率、功率因数分别为 $P_1=80W$、$\lambda_1=0.8$（感性）和 $P_2=30W$、$\lambda_2=0.6$（容性）。试求各负载的无功功率、视在功率以及两并联负载的总平均功率、无功功率、视在功率和功率因数。

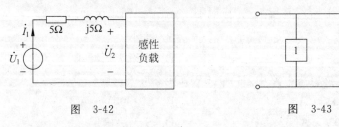

图 3-42　　　　　　　　　图 3-43

9. 今有 40W 的日光灯一个,使用时灯管与镇流器(可近似地把镇流器看作纯电感)串联在电压为 220V,频率为 50Hz 的电源上。已知灯管工作时属于纯电阻负载,灯管两端的电压等于 110V,试求镇流器的感抗与电感。这时电路的功率因数等于多少? 若将功率因数提高到 0.8,问应并联多大电容。

10. 功率为 40W 的白炽灯和日光灯各 100 只并联在电压 220V 的工频交流电源上,设日光灯的功率因数为 0.5(感性),求总电流以及总功率因数。如通过并联电容把功率因数提高到 0.9,问电容应为多少? 求这时的总电流。

3.4.5　电路的谐振

一、填空题

1. RLC 串联电路,$R=10\Omega$,$L=0.01$H,$C=4\mu$F,则 $\omega=$ _____时,此电路谐振。谐振时电感电压是电阻电压的_____倍。

2. RLC 串联电路,$R=10\Omega$,$L=0.1$H,$\omega=100$rad/s,则 $C=$ _____时,此电路谐振。

3. RLC 串联电路,若 L 变为原来的 4 倍,则 C 变为原来的_____倍时,此电路仍在原频率下谐振。

二、选择题

1. RLC 串联电路谐振时一定有(　　)。
 A. $U_R=U_L$ B. $U_L=U_C$ C. $U_R=U_C$ D. $U_R=U_L+U_C$

2. 电路在谐振时,功率因数等于(　　)。
 A. 1   B. 0.707   C. 0.5   D. 0

3. RLC 串联电路,若仅减小电阻 R,则电路的品质因数将(　　)。
 A. 增大   B. 减小   C. 不变   D. 先增大再减小

4. RLC 串联电路,若仅减小电源频率,则电路的品质因数将(　　)。
 A. 增大   B. 减小   C. 不变   D. 先增大再减小

三、计算题

1. RLC 串联正弦电路中,已知 $R=100\Omega$,$L=20\mu$H,$C=200$pF,端口电压为 10V,求谐振频率、特性阻抗、品质因数及谐振时的电流、电感电压和电容电压。

2. 在图 3-44 所示的电路中,已知 $u_S=2\sqrt{2}\sin(10^4t+35°)$V,谐振时电路中的电流为 $I=0.5$A,$U_L=200$V。求 R、L、C 和品质因数。

3. 求图 3-45 所示电路的谐振频率。

4. 图 3-46 所示电路,当发生并联谐振时,测得 $I_1=10$A,$I_2=6$A,作出相量图并求 I 的大小。

5. 收音机的调谐回路可视为 RLC 串联电路,已知 $L=0.2$mH。若欲使某收音机的接收信号的范围在 500~1600kHz,问该如何选择可调电容器?

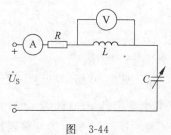

图　3-44

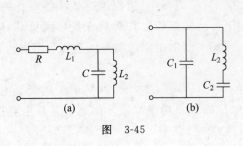

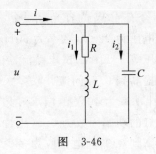

图　3-45　　　　　　　　　　　　图　3-46

3.4.6　互感电路

计算题

1. 指出图 3-47 所示互感线圈的同名端。

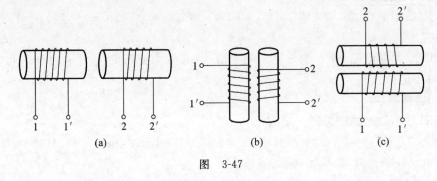

(a)　　　　　　　　　　(b)　　　　　　　　　(c)

图　3-47

2. 如图 3-48 所示电路中 $\dot{I}_S = 0.5\angle 0°\text{A}$，试求 $\dot{U}$。

3. 如图 3-49 所示含互感电路，正弦电源角频率 $\omega = 2\text{rad/s}$，开路电压 $U_L = 3\text{V}$，试求 $\dot{U}_S$ 的有效值。

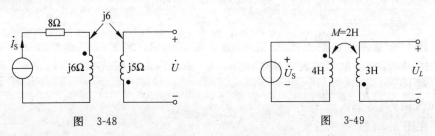

图　3-48　　　　　　　　　　　图　3-49

4. 图 3-50 所示电路中，已知 $L_1 = L_2 = 5\text{H}$，$R_1 = 2\text{k}\Omega$，$R_2 = 3\text{k}\Omega$，耦合系数 $k = 0.6$。工频电源电压 $u = 220\sqrt{2}\sin 314t\text{V}$。求电流 i 及等效复阻抗。

5. 图 3-51 所示为开路电压法测互感系数的电路，已知电源为工频交流电源，电流表的读数为 2A，电压表的读数为 150V，求互感系数 M。

6. 图 3-52 所示为空芯变压器的电路图。已知电源电压为 11.5kV，互感抗 $X_M = 146\Omega$，一、二次侧绕组的电阻、电抗分别为：$R_1 = 20\Omega$，$X_{L1} = 1130\Omega$，$R_2 = 0.08\Omega$，$X_{L2} = 18.8\Omega$，负载 $R = 42\Omega$。求一、二次侧绕组的电流 I_1 和 I_2。

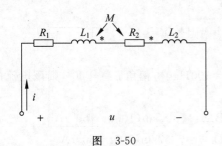

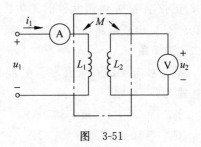

图　3-50　　　　　　　　　　图　3-51

7. 电路如图 3-53 所示,已知 $\dot{U}=120\angle 0°\text{V}$, $L_1=8\text{H}$, $L_2=6\text{H}$, $L_3=10\text{H}$, $M_{12}=4\text{H}$, $M_{23}=5\text{H}$, $\omega=2\text{rad/s}$。求此有源二端口的戴维南等效电路。

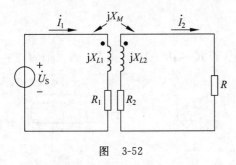

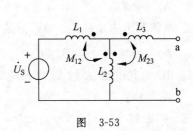

图　3-52　　　　　　　　　　图　3-53

3.5　综合测试题

一、填空题

1. 交流电气设备的铭牌上所给出的额定电流、电压均为_____。

2. 已知 $i_1=100\sin(\omega t+45°)\text{A}$, $i_2=100\sin(\omega t-45°)\text{A}$,则 $i=i_1+i_2=$_____。

3. 正弦交流电的频率越高,电容元件的容抗_____。

4. 在正弦交流电路的关联参考方向下,电感元件两端的电压和电流的相位关系为_____。

5. 对 RL 串联电路,当电路的角频率 $\omega=1\text{rad/s}$ 时,其等效阻抗 $Z=(5+\text{j}2)\Omega$,当 $\omega=2\text{rad/s}$ 时,其等效阻抗 $Z=$_____。

6. 在图 3-54 所示的正弦交流稳态电路中,电流表 A_1 和 A_2 的读数在图上都已标出(都是正弦量的有效值),则电流表 A_0 的读数为_____。

7. RL 串联正弦交流稳态电路中,$I_R=3\text{A}$,$I_L=4\text{A}$,则总电流 $I=$_____。

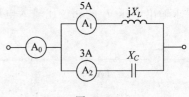

图　3-54

8. 无源二端网络的端口电压 u 与端口电流 i 为关联参考方向,$u=200\sqrt{2}\sin(\omega t+60°)\text{V}$、$i=-10\sqrt{2}\sin(\omega t-50°)\text{A}$,则其阻抗模 $|Z|=$_____,阻抗角 $\varphi=$_____。

9. 正弦电路中,电阻元件的无功功率 $Q=$＿＿＿＿＿＿。

10. RLC 串联电路发生谐振时,该电路的功率因数 $\lambda=$＿＿＿＿＿＿。

二、选择题

1. 某正弦电流的有效值为 7.07A,频率 $f=100\mathrm{Hz}$,初相角 $\varphi=-60°$,则该电流的瞬时表达式为(　　)。

  A. $i=5\sin(100\pi t+30°)\mathrm{A}$ B. $i=7.07\sin(100\pi t-60°)\mathrm{A}$

  C. $i=10\sin(200\pi t-60°)\mathrm{A}$ D. $i=7.07\sin(100t+60°)\mathrm{A}$

2. $L=0.1\mathrm{H}$ 的电感元件,在工频下的感抗 $X_L=$(　　)。

  A. 31.4Ω B. 0.1Ω C. $50\mathrm{Hz}$ D. 5Ω

3. 已知两个正弦量分别为 $i_1=-10\cos(314t+60°)\mathrm{A}$,$i_2=5\sin(314t+60°)\mathrm{A}$,则 i_1 与 i_2 的相位差为(　　)。

  A. $-180°$ B. $0°$ C. $-90°$ D. $180°$

4. 电阻与电感串联在 100V 正弦电源上,若 $R=\omega L=10\Omega$,则 U_R 的大小为(　　)。

  A. $100\mathrm{V}$ B. $50\mathrm{V}$ C. $50\sqrt{2}\,\mathrm{V}$ D. $100\sqrt{2}\,\mathrm{V}$

5. RC 串联电路,R 越大,则该电路的功率因数(　　)。

  A. 越高   B. 越低   C. 不变   D. 无法判断

三、判断题

1. 正弦交流电的有效值等于最大值的 2 倍。(　　)

2. 在 RLC 串联的正弦电流电路中,总电压有效值总是大于各元件的端电压有效值。(　　)

3. RLC 串联正弦电路呈感性,则端口电压滞后端口电流。(　　)

4. 每个线圈的自感电压和互感电压的方向总是相同的。(　　)

5. RLC 串联电路在谐振时,总无功功率为零。(　　)

四、计算题

1. 如图 3-55 电流表 A 的读数为 $6\sqrt{2}\mathrm{A}$,试求 3Ω 电阻的功率和电流表 A_1 的读数。

2. 图 3-56 所示电路中,求:(1)电路的等效阻抗 Z_{AB};(2)整个电路的有功功率 P。

3. 一台单相感应电动机接到 50Hz、220V 供电线上,吸收功率为 700W,功率因数 $\cos\varphi=0.7$,今并联一电容器以提高功率因数至 0.9。试求所需电容。

4. 图 3-57 为 RC 移相电路。已知电阻 $R=100\Omega$,输入电压 u_1 的频率为 500Hz。如要求输出电压 u_2 的相位比输入电压的相位超前 $30°$,则电容值应为多少?

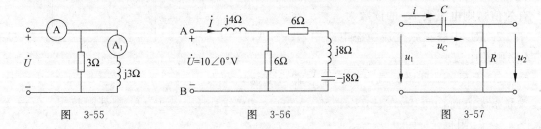

图 3-55   图 3-56   图 3-57

3.6　习题答案

3.4.1 正弦量的三要素

一、填空题

1. 50 Hz

2. 有效值

3. 最大值、角频率、初相角

4. $u=210\sin(\omega t-30°)\,\text{V}$；$i=10\sin(\omega t+30°)\,\text{A}$

5. 发热量

二、选择题

1. B　2. B　3. A　4. C　5. D

三、计算题

1. $U=70.7\,\text{V},I_1=1.414\,\text{A},I_2=2.828\,\text{A},I_3=3.535\,\text{A}$；

   $\varphi_u=10°,\varphi_{i1}=100°,\varphi_{i2}=10°,\varphi_{i3}=80°$；

   $\varphi_1=-90°,\varphi_2=0°,\varphi_3=-70°$

2. （1）$u=10\sin(\omega t-10°)\,\text{V}$　（2）$u=10\sqrt{2}\sin(\omega t-53.1°)\,\text{V}$

   （3）$i=30\sqrt{2}\sin(\omega t+180°)\,\text{A}$

3. $U_m=200\,\text{V},f=50\,\text{Hz},T=0.02\,\text{s}$，相位 $\omega t+\varphi=100\pi+60°$，初相位 $\varphi=60°$

4. 相量图如图 3-58 所示。

5. $\dot{U}_1+\dot{U}_2+\dot{U}_3=84.6+\text{j}63.82=106\angle 37°\,\text{V}$

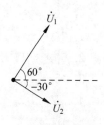

图　3-58

6. $\dot{A}\cdot\dot{B}=5\text{e}^{\text{j}36.87°}\times 7.81\text{e}^{\text{j}50.18°}=5\times 7.81\text{e}^{\text{j}(36.81°+50.18°)}$

   $=39.05\text{e}^{\text{j}(87.06°)}=39.05\angle 87.06°$

   $\dfrac{\dot{A}}{\dot{B}}=\dfrac{5\text{e}^{\text{j}36.87°}}{7.81\text{e}^{\text{j}50.18°}}=\dfrac{5}{7.81}\text{e}^{\text{j}(36.87°-50.18°)}=0.64\text{e}^{\text{j}(-13.31°)}=0.64\angle -13.31°$

7. $u=10\sqrt{2}\sin(100\pi t+23.35°)\,\text{V}$；$i=10\sin(100\pi t-42.3°)\,\text{A}$

8. $i_1+i_2=2.456\sqrt{2}\sin(100\pi t-21.84°)\,\text{mA}$；

   $i_1-i_2=1.991\sqrt{2}\sin(100\pi t+105.98°)\,\text{mA}$

9. （1）$T=0.01\,\text{s}$；$f=100\,\text{Hz}$；初相 $\varphi=0$；最大值 $I_m=10\,\text{mA}$；有效值 $I=5\sqrt{2}\,\text{mA}$

   （2）$T=0.5\,\text{s}$；$f=2\,\text{Hz}$；初相 $\varphi=34°$；最大值 $U_m=120\,\text{V}$；有效值 $U=60\sqrt{2}\,\text{V}$

   （3）$T=0.0628\,\text{s}$；$f=15.92\,\text{Hz}$；初相 $\varphi=45°$；最大值 $U_m=50\sqrt{2}\,\text{V}$；有效值 $U=50\,\text{V}$

10. （1）$\varphi=10°-(-30°)=40°$，u 超前 $i\,40°$

    （2）$\varphi=-60°-(-30°)=-30°$，u 滞后 $i\,30°$

    （3）$\varphi=-180°-(-30°)=-150°$，$u$ 滞后 $i\,150°$

    （4）$\varphi=-100°-(-30°)=-70°$，$u$ 滞后 $i\,70°$

3.4.2 R、L、C 元件的伏安关系

一、填空题

1. 滞后

2. 超前

3. 减小

4. 增大

5. 越大

二、选择题

1. B 2. A 3. B 4. B

三、计算题

1. $i=2\sin(314t+30°)$A

2. $i=2\sin(314t-60)$A

3. $\dot{I}=2\angle120°$A

4. (1) 相位差 $\varphi=180°-90°=90°$ 电压超前电流 $90°$，此元件为纯电感元件

   (2) 复阻抗 $Z=j10\Omega$

   (3) 储存能量最大值 $W_{Lm}=1.59$J

3.4.3 正弦交流电路的相量法分析

一、填空题

1. 2Ω

2. $50\angle-15°\Omega$

3. $(5-j1)\Omega$

4. 5V

5. $10\sqrt{2}$A

6. 5Ω

二、选择题

1. C 2. C 3. B 4. D

三、计算题

1. $u_R=121\sqrt{2}\sin(314t-57.5°)$V；

   $u_L=729\sqrt{2}\sin(314t+32.5°)$V；

   $u_C=539\sqrt{2}\sin(314t-147.5°)$V

2. 40V；4A

3. $U=60$V；$I=2.33$A

4. $3-j4$

5. $Z=20+j10\Omega$

6. $L=0.5$H；$L'=2.5$H

7. $R=5.09\Omega$；$L=13.7$mH

8. $C = \dfrac{L_1 + L_2}{\omega^2 L_1 L_2}$

3.4.4 正弦交流电路的功率

一、填空题

1. 0

2. 0

3. 0.707

4. 0.6

5. 100V・A

二、选择题

1. A　2. A　3. C

三、计算题

1. 12 100Var

2. 605Var

3. 1300W；0.54

4. (1) 87.72A　(2) 58.5A；0.9

5. $R = 30\Omega$；$L = 127\text{mH}$

6. 250W；310W；500W

7. $Z = j3.66\Omega$；$U_2 = 36.6\text{V}$

8. $Q_1 = 60\text{Var}$；$Q_2 = -40\text{Var}$；$S_1 = 100\text{V}\cdot\text{A}$；$S_L = 50\text{V}\cdot\text{A}$；$P = 110\text{W}$；
   $Q = 20\text{Var}$；$S = 111.8\text{V}\cdot\text{A}$；$\lambda = 0.984$

9. 529.3Ω；1.68H；0.5；$2.58\mu\text{F}$

10. $I = 48.1\text{A}$；$\lambda = 0.756$；$C = 201\mu\text{F}$；$I' = 40.4\text{A}$

3.4.5 电路的谐振

一、填空题

1. 5000rad/s；5

2. $1000\mu\text{F}$

3. 1/4

二、选择题

1. B　2. A　3. A　4. C

三、计算题

1. 79.6kHz；10 000Ω；100；0.1A；1000V；1000V

2. 4Ω；0.04H；$0.5\mu\text{F}$；100

3. (a) $\omega_0 = \sqrt{\dfrac{L_1 + L_2}{CL_1L_2}}$　(b) $\omega_0 = \sqrt{\dfrac{C_1 + C_2}{L_2C_1C_2}}$

4. 8A

5. 49.5～507pF

3.4.6 互感电路

计算题

1. (a) 1、2 为同名端　(b) 1、2 为同名端　(c) 1、2 为同名端

2. $3\angle-90°\text{V}$

3. 6V

4. $Z=5155\angle14.1°\Omega$；$i=0.042\sqrt{2}\sin(314t-14.1°)\text{A}$

5. 238.9mH

6. 11.1A；35A

7. $\dot{U}_{OC}=-60\angle0°\text{V}$；$Z_{eq}=\text{j}9\Omega$

3.5 综合测试题

一、填空题

1. 有效值

2. $i=100\sqrt{2}\sin\omega t\text{A}$

3. 越小

4. 电压超前电流 90°

5. $(5+\text{j}4)\Omega$

6. 2A

7. 5A

8. 20Ω；$-70°$

9. 0

10. 1

二、选择题

1. C　2. A　3. C　4. C　5. A

三、判断题

1. ×

2. ×

3. ×

4. ×

5. √

四、计算题

1. 108W；6A

2. (1) $Z_{AB}=5\angle53.1°\Omega$

　(2) $P=12\text{W}$

3. $24.4\mu\text{F}$

4. $5.52\mu\text{F}$

第 4 章

三相正弦交流电路

4.1 教学目的和要求

（1）了解对称三相正弦量的概念及其特点，掌握对称三相正弦量的解析式、相量表达式及相量图。

（2）了解对称三相电路的4(或5)种连接方式，即Y/Y、(Y₀/Y₀)、Y/△、△/Y、△/△；掌握相电压、线电压、相电流、线电流、中线电流与中点电压的定义。

（3）掌握对称Y(△)连接电路中线电压与相电压、线电流与相电流的关系。

（4）掌握对称三相电路电压电流的计算，特别要注意电源侧的相电压、线电压与负载侧的相电压、线电压在考虑端线阻抗时的不同，了解各种连接方式的对称三相电路如何转换成常见的对称三相Y/Y连接电路的计算。

（5）了解不对称三相电路及中性点位移的概念，能对简单的不对称Y/Y连接三相电路进行计算；了解不对称三相四线制电路中线的作用。

（6）掌握三相电路功率的计算。

4.2 教学内容和要点

4.2.1 三相电路的基本概念

1. 对称三相电压(流)

有 3 个频率相同、幅值(有效值)相等、相位差互差 120° 的正弦电压(电流)，其瞬时值解析式为(以电压为例)

$$u_A = U_m \sin \omega t$$
$$u_B = U_m \sin(\omega t - 120°)$$
$$u_C = U_m \sin(\omega t + 120°)$$

对应的相量关系为

$$\dot{U}_A = U \angle 0°$$

$$\dot{U}_{\mathrm{B}} = U\angle -120° = \alpha^2 \dot{U}_{\mathrm{A}}$$

$$\dot{U}_{\mathrm{C}} = U\angle 120° = \alpha \dot{U}_{\mathrm{A}}$$

相量图如图 4-1 所示,一般情况下,习惯将相量 $\dot{U}_{\mathrm{A}}$ 画在垂直方向。

对称三相电压或电流的特点是:三相电压(电流)之和为零,即

$$u_{\mathrm{A}} + u_{\mathrm{B}} + u_{\mathrm{C}} = 0$$

或

$$\dot{U}_{\mathrm{A}} + \dot{U}_{\mathrm{B}} + \dot{U}_{\mathrm{C}} = 0$$

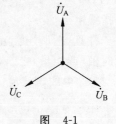

图　4-1

2. 相序

各相电源电压到达峰值或零值的先后顺序,称为相序。如果三相电源到达峰值的先后顺序为 A→B→C,或相量图上按顺时针方向的排列顺序为 A→B→C,则称为正序或顺序;如果三相电源到达峰值的先后顺序为 A→C→B,或相量图上按逆时针方向的排列顺序为 A→B→C,则称之为负序或逆序。

无特殊说明,三相电路的相序均指正序。

3. 对称三相电源

由 3 个电压彼此对称且连接成 Y 或 △ 的电源称为对称三相电源。

4. 对称三相负载

由 3 个阻抗值相等且连接成 Y 或 △ 的负载称为对称三相负载。

5. 对称三相电路

对称三相电路是指三相电路中电源与负载均分别对称,若考虑端线阻抗和电源内阻抗时,则每相端线阻抗和每相电源内阻抗均相等的电路。

6. 不对称三相电路

不对称三相电路通常是指三相电源对称而负载不对称的电路。

7. 相电压

相电压是指每相电源或负载首尾两端的电压,一般用 u_{A}、u_{B}、u_{C} 或相量 $\dot{U}_{\mathrm{A}}$、$\dot{U}_{\mathrm{B}}$、$\dot{U}_{\mathrm{C}}$ 表示。

8. 线电压

线电压是指电源侧或负载侧端线与端线之间的电压,用 u_{AB}、u_{BC}、u_{CA} 或相量 $\dot{U}_{\mathrm{AB}}$、$\dot{U}_{\mathrm{BC}}$、$\dot{U}_{\mathrm{CA}}$ 表示。

若考虑端线阻抗,则电源侧的线电压与负载侧的线电压不相等。在三相电路中,一般所说的电压是指线电压。

并且,Y 连接电路中电源或负载的线电压的瞬时值(或相量)等于相应两个相电压瞬时值(或相量)之差。

9. 相电流

相电流是指流过每相电源或每相负载的电流,一般用 i_{AB}、i_{BC}、i_{CA} 或相量 $\dot{I}_{\mathrm{AB}}$、$\dot{I}_{\mathrm{BC}}$、$\dot{I}_{\mathrm{CA}}$ 表示。Y 连接的电源或负载的相电流就是线电流。

10. 线电流

线电流是指流过每条端线（电源与负载的连接线）的电流,一般用 i_A、i_B、i_C 或相量 $\dot{I}_A$、$\dot{I}_B$、$\dot{I}_C$ 表示。参考方向一般由电源侧指向负载侧。在三相电路中,一般所说的电流是指线电流。

并且,△形连接电路中电源或负载的线电流的瞬时值（或相量）等于相应两个相电流瞬时值（或相量）之差。

11. 中线电流

中线电流是指流过中性线的电流,用 i_N 或相量 $\dot{I}_N$ 表示。参考方向一般由负载侧指向电源侧,即

$$i_N = i_A + i_B + i_C$$

或

$$\dot{I}_N = \dot{I}_A + \dot{I}_B + \dot{I}_C$$

三相对称时,中线电流等于 0,此时中线不起作用。

12. 中点电压

中点电压是指负载中性点与电源中性点之间的电压,一般用 $u_{N'N}$ 或相量 $\dot{U}_{N'N}$ 表示。参考方向一般由负载侧指向电源侧。

4.2.2　对称三相电路中的关系

1. Y连接

线电流等于相电流,即

$$I_L = I_P$$

线电压有效值是相电压有效值的 $\sqrt{3}$ 倍,即

$$U_L = \sqrt{3} U_P$$

在相位上,线电压超前于对应的相电压 30°,用相量表示为

$$\left.\begin{aligned}
\dot{U}_{AB} &= \dot{U}_A - \dot{U}_B = \sqrt{3} \angle 30° \, \dot{U}_A \\
\dot{U}_{BC} &= \dot{U}_B - \dot{U}_C = \sqrt{3} \angle 30° \, \dot{U}_B \\
\dot{U}_{CA} &= \dot{U}_C - \dot{U}_A = \sqrt{3} \angle 30° \, \dot{U}_C
\end{aligned}\right\} \tag{4-1}$$

2. △形连接

线电压等于相电压,即

$$U_L = U_P$$

线电流有效值是相电流有效值的 $\sqrt{3}$ 倍,即

$$I_L = \sqrt{3} I_P$$

在相位上,线电流滞后于对应的相电流 30°,用相量表示为

$$\left.\begin{aligned}
\dot{I}_A &= \sqrt{3} \angle -30° \, \dot{I}_{AB} \\
\dot{I}_B &= \sqrt{3} \angle -30° \, \dot{I}_{BC} \\
\dot{I}_C &= \sqrt{3} \angle -30° \, \dot{I}_{CA}
\end{aligned}\right\} \tag{4-2}$$

4.2.3 对称三相电路的分析与计算

在丫/丫连接的对称三相电路中,由于电源与负载的中点等电位,各相的工作状态独立,不管电路有无中线,均可将电源侧与负载侧的中性点短接,分出一相(一般取 A 相)来计算,根据 A 相的结果,依据对称关系,得出其他两相的电压与电流。此方法称为单相(分相)计算法,对于其他连接(丫/△,△/△,△/丫)的电路,均可转换成丫/丫连接的电路来计算,最后根据△和丫形连接的等效变换关系,求出原电路的电压与电流。

一般地,如果题中没有告诉电源的连接方式,均可将电源看作丫连接。

4.2.4 不对称丫/丫连接电路的计算

可采用中性点电压法来分析与计算,即先利用弥尔曼定理的相量式求出中点电压 $\dot{U}_{\text{N'N}}$。

$$\dot{U}_{\text{N'N}} = \frac{\dfrac{\dot{U}_{\text{A}}}{Z_{\text{A}}} + \dfrac{\dot{U}_{\text{B}}}{Z_{\text{B}}} + \dfrac{\dot{U}_{\text{C}}}{Z_{\text{C}}}}{\dfrac{1}{Z_{\text{A}}} + \dfrac{1}{Z_{\text{B}}} + \dfrac{1}{Z_{\text{C}}} + \dfrac{1}{Z_{\text{N}}}} \tag{4-3}$$

然后利用 KVL 定律的相量形式求负载的各相电压,即

$$\dot{U}'_{\text{A}} = \dot{U}_{\text{A}} - \dot{U}_{\text{N'N}}$$

$$\dot{U}'_{\text{B}} = \dot{U}_{\text{B}} - \dot{U}_{\text{N'N}}$$

$$\dot{U}'_{\text{C}} = \dot{U}_{\text{C}} - \dot{U}_{\text{N'N}}$$

最后求出负载的各相电流。

从式(4-3)可以看出,若 $Z_{\text{N}} = 0$,则 $\dot{U}_{\text{N'N}} = 0$,所以,在不对称丫形连接电路中,中线的主要作用是强制中点电压等于 0,从而保证负载的相电压对称。

4.2.5 对称三相电路功率的计算

三相电路中的功率包括有功功率、无功功率和视在功率。并且一般所说的功率,都是指有功功率。

当电路对称时,各项电路的功率相等,即

有功功率 $P = 3U_{\text{P}}I_{\text{P}}\cos\varphi = \sqrt{3}U_{\text{L}}I_{\text{L}}\cos\varphi$

无功功率 $Q = 3U_{\text{P}}I_{\text{P}}\sin\varphi = \sqrt{3}U_{\text{L}}I_{\text{L}}\sin\varphi$

视在功率 $S = 3U_{\text{P}}I_{\text{P}} = \sqrt{3}U_{\text{L}}I_{\text{L}}$

其中,φ 为三相电路中负载的阻抗角。并且,在三相电路中,其总的瞬时功率恒定,等于其平均功率。

4.3 典型例题分析与解答

例 4-1 已知对称三相电路的星形负载阻抗 $Z = 118 + \text{j}159\,\Omega$,端线阻抗 $Z_{\text{L}} = 2 + \text{j}1\,\Omega$,中线阻抗 $Z_{\text{N}} = 1 + \text{j}1\,\Omega$,电源线电压 $U_{\text{L}} = 380\text{V}$,求负载端的电流与线电压的相量,并作出

电路的相量图。

解 根据题意可知,对称三相电路可化为单相电路进行计算,画出单线电路图如图 4-2(a)所示(注意:画单线图时,应将中线阻抗看作短路,不可将该阻抗画出)。

因为 $U_L = 380V$,所以 $U_P = 220V$。令 $\dot{U}_A = 220\angle 0°V$,则

$$\dot{I}_A = \frac{\dot{U}_A}{Z + Z_L} = \frac{220\angle 0°}{118 + 159j + 2 + j1} = \frac{220\angle 0°}{200\angle 53.13°} = 1.1\angle -53.13°A$$

根据三相电路的对称性得

$$\dot{I}_B = 1.1\angle -53.13° - 120° = 1.1\angle -173.13°A$$

$$\dot{I}_C = 1.1\angle -53.13° + 120° = 1.1\angle 66.87°A$$

所以,负载端的相电压为

$$\dot{U}_{A'N'} = Z\dot{I}_A = (118 + j159) \times 1.1\angle -53.13°$$
$$= 198\angle 53.42° \times 1.1\angle -53.13°$$
$$= 217.8\angle 0.29°V$$

负载端的线电压为

$$\dot{U}_{A'B'} = \sqrt{3}\,\dot{U}_{A'N'}\angle 30° = 377.24\angle 30.29°V$$

根据对称性得到

$$\dot{U}_{B'C'} = 377.24\angle 30.29° - 120° = 377.24\angle -89.71°V$$

$$\dot{U}_{C'A'} = 377.24\angle 30.29° + 120° = 377.24\angle 150.29°V$$

电路中的相量图如图 4-2(b)所示。

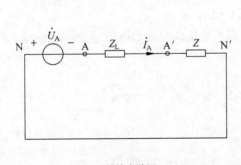

(a) 单线电路图

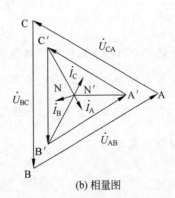

(b) 相量图

图 4-2 例 4-1 图

例 4-2 对称线电压为 380V 的三线制电路中,对称△连接的负载 $Z = 150\angle 45°\Omega$,求各相电流及线电流的相量。

解 解法一:将负载由△连接转化为丫连接,则对应丫连接负载阻抗 $Z' = Z/3 = 50\angle 45°\Omega$。

因为 $U_L=380V$，所以 $U_P=220V$。令 $\dot{U}_A=220\angle 0°V$，转化后的单线电路图如图 4-3(b) 所示。

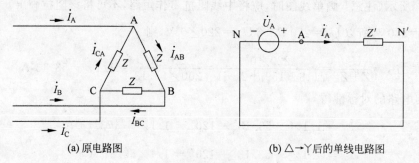

（a）原电路图   （b）△→Ｙ后的单线电路图

图 4-3   例 4-2 图

则线电流
$$\dot{I}_A=\frac{\dot{U}_A}{Z'}=\frac{220\angle 0°}{50\angle 45°}=4.4\angle -45°A$$

根据三相电路的对称性得

$$\dot{I}_B=4.4\angle -165°A \quad \dot{I}_C=4.4\angle 75°A$$

又因为线电流 $\dot{I}_A=4.4\angle -45°A$，根据△连接对称电路中线电流与相电流的相量关系，得

$$\dot{I}_{AB}=1/\sqrt{3}\ \dot{I}_A\angle 30°=2.54\angle -15°A$$

同时由对称关系得

$$\dot{I}_{BC}=2.54\angle -135°A$$

$$\dot{I}_{CA}=2.54\angle 105°A$$

解法二：由于本题没有考虑线路阻抗，则△连接负载的相电压等于电源的线电压，直接令负载的相电压 $\dot{U}_{AB}=380\angle 0°V$，则

$$\dot{I}_{AB}=\frac{\dot{U}_{AB}}{Z}=\frac{380\angle 0°}{150\angle 45°}=2.54\angle -45°A$$

根据对称关系得

$$\dot{I}_{BC}=\frac{\dot{U}_{AB}}{Z}=2.54\angle -165°A$$

$$\dot{I}_{CA}=2.54\angle 75°A$$

由△连接对称电路线电流与相电流的关系可得

$$\dot{I}_A=\sqrt{3}\ \dot{I}_{AB}\angle -30°=\sqrt{3}\times 2.54\angle -45°\angle -30°=4.4\angle -75°A$$

根据对称电路的关系得

$$\dot{I}_B=4.4\angle 165°A$$

$$\dot{I}_C=4.4\angle 45°A$$

注意：两种方法所求结果的初相角不同,是因为所选取的参考相量不同。

例 4-3 已知对称三相电路的电源线电压 $U_L=380V$,三角形负载阻抗 $Z=13.5+j42\Omega$,端线阻抗 $Z_L=1.5+j1\Omega$,求端线电流 I_L 与负载电流 I_P。

解 根据题意,将三角形负载化为星形,如图 4-4 所示(因为考虑了端线阻抗,必须将三角形转化为星形电路)。

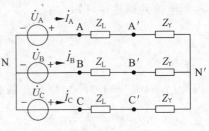

图 4-4　例 4-3 图

因为 $U_L=380V$,所以 $U_P=220V$。令 $\dot{U}_A=220\angle0°V$,则

$$\dot{I}_A=\frac{\dot{U}_A}{Z_L+\dfrac{Z}{3}}=\frac{220\angle0°}{4.5+j14+1.5+j1}=13.61\angle-68.2°A$$

于是得到负载线电流　　　　　　　　　　　$I_L=13.61A$

根据三角形对称负载线电流与相电流的关系,负载的相电流为

$$I_P=\frac{1}{\sqrt{3}}I_A=7.86A$$

例 4-4 如图 4-5(a)三相对称电路中,已知电源电压为 220V,$Z_L=1+j1\Omega$,$Z_Y=10+j12\Omega$,$Z_\triangle=24+j30\Omega$,求各线电流和相电流的相量。

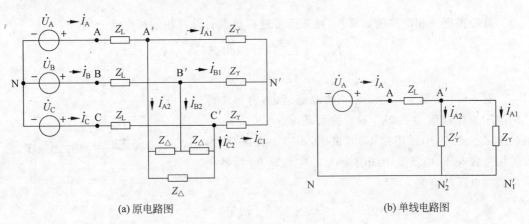

(a) 原电路图　　　　　　　　　　　　　　(b) 单线电路图

图 4-5　例 4-4 图

解 根据电路的对称性,作一相计算即可,首先将△形转化为丫形,并作出单线电路图,如图 4-5(b)所示,图中 $Z_{Y'}=\dfrac{Z_\triangle}{3}=8+j10\Omega$。

令

$$\dot{U}_A=\frac{220}{\sqrt{3}}\angle0°=127\angle0°V$$

而电路 A 相负载的等效阻抗为

$$Z=Z_L+Z_Y\parallel Z_{Y'}=Z_L+\frac{Z_Y Z_{Y'}}{Z_Y+Z_{Y'}}=1+j1+\frac{(10+j12)(8+j10)}{10+j12+8+j10}$$

$$=1+j1+7.04\angle50.8°=1+j1+4.45+j5.46=8.45\angle49.8°\Omega$$

则线电流

$$\dot{I}_A = \frac{\dot{U}_A}{Z} = \frac{127\angle 0°}{8.45\angle 49.8°} = 15\angle -49.8°\text{A}$$

根据电流的对称性可知

$$\dot{I}_B = 15\angle -169.8°\text{A}$$

$$\dot{I}_C = 15\angle 70.2°\text{A}$$

因为 $\dot{I}_A = 15\angle -49.8°\text{A}$,根据并联电路的分流公式得

$$\dot{I}_{A1} = \dot{I}_A \times \frac{Z_{Y'}}{Z_Y + Z_{Y'}} = 15\angle -49.8° \times \frac{8+j10}{10+j12+8+j10} = 6.76\angle -49.2°\text{A}$$

$$\dot{I}_{A2} = \dot{I}_A - \dot{I}_{A1} = 15\angle -49.8° - 6.76\angle -49.2° = 8.24\angle -50.32°\text{A}$$

由电流 $\dot{I}_{A1}$ 的值,根据电流的对称性可知丫连接负载 B、C 两相的相电流分别为

$$\dot{I}_{B1} = 6.7\angle -169.2°\text{A} \qquad \dot{I}_{C1} = 6.7\angle 70.8°\text{A}$$

由电流 $\dot{I}_{A2}$ 的值,根据△形连接对称负载线电流与相电流的关系可知,△形连接负载的相电流

$$\dot{I}_{A'B'} = \frac{1}{\sqrt{3}}\dot{I}_{A2}\angle 30° = 4.76\angle -20.32°\text{A}$$

最后根据三相电路的对称性,可知△形连接负载另外两相的相电流分别为

$$\dot{I}_{B'C'} = 4.76\angle -140.32°\text{A}$$

$$\dot{I}_{C'A'} = 4.76\angle 99.68°\text{A}$$

例 4-5 在图 4-6 的三相四线制电路中,对称电源相电压的有效值为 220V,不对称负载 $Z_A = 20\Omega$,$Z_B = 40\Omega$,$Z_C = 50\Omega$,中线阻抗不计,试求:(1)中线正常时,各相负载电压、电流及中线电流;(2)中线断开时,各相负载的电压与电流。

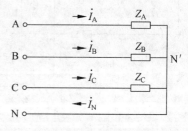

图 4-6　例 4-5 图

解　令电源的相电压 $\dot{U}_A = 220\angle 0°$ V,则 $\dot{U}_B = 220\angle -120°$V,$\dot{U}_C = 220\angle 120°$V。

(1)因为电源电压对称,中线存在且阻抗为零,所以尽管负载不对称,但负载的相电压依旧等于电源的相电压,即负载相电压对称。因此,各负载相电流为

$$\dot{I}_A = \frac{\dot{U}_A}{Z_A} = \frac{220\angle 0°}{20} = 11\angle 0°\text{A}$$

$$\dot{I}_B = \frac{\dot{U}_B}{Z_B} = \frac{220\angle -120°}{40} = 5.5\angle -120°\text{A}$$

$$\dot{I}_C = \frac{\dot{U}_C}{Z_C} = \frac{220\angle 120°}{50} = 4.4\angle 120°\text{A}$$

则

$$\dot{I}_N = \dot{I}_A + \dot{I}_B + \dot{I}_C = 11\angle 0° + 5.5\angle -120° + 4.4\angle 120° = 6.12\angle -8.92°A$$

（2）中线断线，则发生中性点位移，中点电压

$$\dot{U}_{N'N} = \frac{\dfrac{\dot{U}_A}{Z_A} + \dfrac{\dot{U}_B}{Z_B} + \dfrac{\dot{U}_C}{Z_C}}{\dfrac{1}{Z_A} + \dfrac{1}{Z_B} + \dfrac{1}{Z_C}} = \frac{\dfrac{220\angle 0°}{20} + \dfrac{220\angle -120°}{40} + \dfrac{220\angle 120°}{50}}{\dfrac{1}{20} + \dfrac{1}{40} + \dfrac{1}{50}} = 64.42\angle -8.92°V$$

则负载相电压

$$\dot{U}'_A = \dot{U}_A - \dot{U}_{N'N} = 220\angle 0° - 64.42\angle -8.92° = 157.6\angle 3.66°V$$

$$\dot{U}'_B = \dot{U}_B - \dot{U}_{N'N} = 220\angle -120° - 64.42\angle -8.92° = 250.5\angle -133.9°V$$

$$\dot{U}'_C = \dot{U}_C - \dot{U}_{N'N} = 220\angle 120° - 64.42\angle -8.92° = 265.2\angle 130.1°V$$

负载相电流

$$\dot{I}'_A = \frac{\dot{U}'_A}{Z_A} = \frac{157.6\angle 3.66°}{20} = 7.88\angle 3.66°A$$

$$\dot{I}'_B = \frac{\dot{U}'_B}{Z_B} = \frac{250.5\angle -133.9°}{40} = 6.26\angle -133.9°A$$

$$\dot{I}'_C = \frac{\dot{U}'_C}{Z_C} = \frac{265.2\angle 130.1°}{50} = 5.3\angle 130.1°A$$

例 4-6　对称三相电源输出 7.2kW 功率给△连接的对称三相负载，负载阻抗为 30＋j40Ω，求负载的线电流、相电流与相电压。

解　由负载的阻抗 $Z = 30 + j40 = 50\angle 53.1°\Omega$，得功率因数

$$\cos\varphi = \cos 53.1° = 0.6$$

因为

$$P = 3U_P I_P \cos\varphi = \frac{3U_P^2}{|Z|}\cos\varphi = \frac{3U_P^2}{50} \times 0.6 = 7.2 \times 10^3 W$$

所以

$$U_P = 447.21V = U_L（负载为△形连接）$$

又因为

$$P = \sqrt{3} U_L I_L \cos\varphi$$

所以

$$I_L = \frac{7200}{\sqrt{3} \times 447.21 \times 0.6} = 15.49A$$

则相电流

$$I_P = I_L / \sqrt{3} = 8.94A$$

例 4-7　如图 4-7(a)所示，对称丫/丫三相电路中，电压表的读数为 1143.16V，$Z = 55 + j28\Omega$，$Z_L = 1 + j2\Omega$。

（1）求图 4-7(a)中电流表的读数及电源线电压 U_{AB}。

（2）求三相负载吸收的功率。

（3）如果 A 相负载短路，求电流表读数、电压表读数及三相负载的功率。

（4）如果 A 相负载开路，求电流表读数、电压表读数及三相负载的功率。

（5）如果加接零阻抗中性线 $Z_N = 0$，则(3)、(4)将发生怎样的变化？

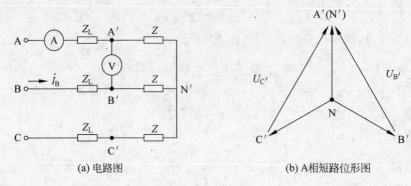

(a) 电路图   (b) A相短路位形图

图 4-7   例 4-7 图

解 （1）由题意可知，电压表的读数为负载的线电压，根据对称丫连接负载线电压与相电压的关系，得负载相电压

$$U_{A'N'} = \frac{1143.16}{\sqrt{3}} = 660\text{V}$$

负载相（线）电流即电流表读数为

$$I_L = \frac{U_{A'N'}}{|Z|} = \frac{660}{\sqrt{55^2 + 28^2}} = 10.69\text{A}$$

电路中 A 相总的阻抗

$$Z_{A总} = Z + Z_L = 55 + j28 + 1 + j2 = 56 + j30 = 63.53\angle 28.2°\Omega$$

则 A 相电源相电压为

$$U_A = I_L \times |Z_{A总}| = 10.69 \times 63.53 = 679.1\text{V}$$

于是电源端的线电压为

$$U_{AB} = \sqrt{3} \times 679.1 = 1176.2\text{V}$$

（2）三相负载吸收的功率为

$$P = 3I^2 R = 3 \times 10.69^2 \times 55 = 18\,855.6\text{W}$$

（3）如果 A 相负载阻抗等于 0 时，电路为不对称三相电路，作出位形图，如图 4-7(b)所示。从图中可知，负载 B 相、C 相相电压升为线电压，则 B 相、C 相的电流分别为（令 $\dot{U}_{N'N} = 660\angle 0°\text{V}$，则 $\dot{U}_{B'} = 1143.16\angle 30°\text{V}$，$\dot{U}_{C'} = 1143.16\angle -30°\text{V}$）

$$\dot{I}_B = \frac{\dot{U}'_B}{Z} = \frac{1143.16\angle 30°}{55 + j28} = 18.52\angle 3°\text{A}$$

$$\dot{I}_C = \frac{\dot{U}'_C}{Z} = \frac{1143.16\angle -30°}{55 + j28} = 18.52\angle -57°\text{A}$$

A 相电流

$$\dot{I}_A = -\dot{I}_B - \dot{I}_C = -18.52\angle 3° - 18.52\angle -57° = 32.1\angle 153°\text{A}$$

即电流表读数为 32.1A。而电压表读数为 B 相负载的相电压，即为 1143.16V。

三相负载吸收的功率

$$P = P_A + P_B + P_C = 0 + I_B^2 R + I_C^2 R = 2 \times (18.52^2 \times 55) = 37\,729\text{W}$$

(4) A 相负载开路,所以电流表的读数为 0A。此时 B、C 相负载串联于电源线电压 U_{BC} 下。令 $\dot{U}_A = 679.1\angle 0°$,则 $\dot{U}_{BC} = 1176.2\angle -90°$,而此时 B 相电流

$$\dot{I}_B = \frac{\dot{U}_{BC}}{2 \times (Z + Z_L)} = \frac{1176.2\angle -90°}{2 \times (55 + j28 + 1 + j2)} = 9.257\angle -118.2°$$

$$\dot{U}_{A'B'} = \dot{U}_A - \dot{U}_B + \dot{I}_B Z_L = 679.1\angle 0° - 679.1\angle -120° + 9.257\angle -118.2° \times (1 + j2)$$
$$= 1178.3\angle 29°V$$

即电压表读数 $= 1178.3V$。

三相电路中的功率为

$$P = P_B + P_C = 2 \times 9.257^2 \times 55 = 9426.1W$$

(5) 对于(3)电流表的读数 $= \dfrac{U_A}{|Z_L|} = \dfrac{679.1}{\sqrt{1^2 + 2^2}} = 303.71A$,电压表的读数 $= 660V$,即 B 相负载相电压。

三相负载的总功率为

$$P = P_B + P_C = 2 \times 10.69^2 \times 55 = 12\,570.4W$$

对于(4)电流表的读数 $= 0A$。

$$\dot{I}_B = \frac{\dot{U}_B}{Z + Z_L} = \frac{679.1\angle -120°}{55 + j28 + 1 + j2} = 10.69\angle -148.2°A$$

$$\dot{U}_{A'B'} = \dot{U}_A - \dot{U}_B + \dot{I}_B Z_L = 679.1\angle 0° - 679.1\angle -120° + 10.69\angle -148.2° \times (1 + j2)$$
$$= 1166.4\angle 28.9°V$$

即电压表的读数为 $1166.4V$。

三相负载总的功率为

$$P = P_B + P_C = 2 \times 10.69^2 \times 55 = 12\,570.4W$$

例 4-8 图 4-8(a)所示对称三相电路中,$U_{A'B'} = 380V$,三相电动机吸收的功率为 2.5kW,其功率因数 $\lambda = 0.866$(滞后),$Z_L = -j30\Omega$,求电源线电压 U_{AB} 和电源端的功率因数 λ'。

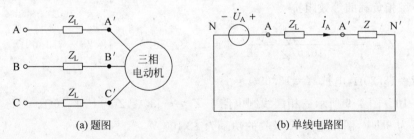

(a) 题图　　　　　　　　(b) 单线电路图

图 4-8　例 4-8 图

解　根据题意,画出对应等效单线电路图,如图 4-8(b)所示。

因为

$$P = \sqrt{3} U_L I_L \cos\varphi$$

所以
$$I_L = \frac{P}{\sqrt{3}U_L\cos\varphi} = \frac{2500}{\sqrt{3}\times380\times0.866} = 4.386A = I_P$$

$$\varphi = \arccos 0.866 = 30°$$

由 $U_{A'B'} = 380V$ 得

$$U_{A'N'} = 220V$$

令 $\dot{U}_{A'N'} = 220\angle0°V$，则

$$\dot{I}_A = 4.386\angle-30°A$$

电源端相电压为

$$\dot{U}_{AN} = Z_L\dot{I}_A + \dot{U}_{A'N'} = 220\angle0° + 4.386\angle-30°\times30\angle-90°$$
$$= 192\angle-36.5°V$$

于是电源线电压

$$\dot{U}_{AB} = \sqrt{3}\dot{U}_{AN}\angle30° = 332.6\angle-6.5°V$$

则电源端的功率因数 $\lambda' = \cos(-6.5°) = 0.9936$（超前）。

例 4-9 电压为 380V，频率 $f = 50Hz$ 的对称三相电源，接有一组对称△形负载，已知三相负载的功率为 15.2kW，功率因数为 0.8（感性），求：(1) 各相电流与线电流；(2) 每相负载的等效阻抗、电阻和电抗。

解 (1) 由题意可知，$U_L = U_P = 380V$，令 $\dot{U}_{AB} = 380\angle0°V$。因为

$$P = \sqrt{3}U_LI_L\cos\varphi$$

所以
$$I_L = \frac{P}{\sqrt{3}U_L\cos\varphi} = \frac{15\ 200}{\sqrt{3}\times380\times0.8} = 28.87A$$

则
$$I_P = 28.87/\sqrt{3} = 16.67A$$

由 $\cos\varphi = 0.8$，得 $\varphi = 36.9°$，所以

$$\dot{I}_{AB} = 16.67\angle-36.9°A$$

(2) 每相负载的等效阻抗

$$Z = \frac{\dot{U}_{AB}}{\dot{I}_{AB}} = \frac{380\angle0°}{16.67\angle-36.9°} = 22.8\angle36.9° = 18.23 + j13.69\Omega$$

即电阻 $R = 18.23\Omega$，电抗 $X = 13.69\Omega$。

例 4-10 图 4-9 所示三相四线制电路中 $Z_1 = -j30\Omega$，$Z_2 = 15 + j36\Omega$。对称三相电源的线电压为 380V，图中电阻 R 吸收的功率为 12 100W。

(1) 开关 S 闭合时图中各表的读数，根据功率表的读数能否求得整个负载吸收的总功率？

(2) 开关 S 打开时图中各表的读数有无变化？功率表的读数有无意义？

解 根据图 4-9 可分析，无论开关 S 处于何种状态，负载 Z_1 都工作于对称状态，由于电阻 R 的存在，负载 Z_2 只有当开关 S 闭合时才处于对称状态。

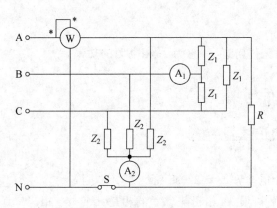

图 4-9　例 4-10 图

因为 $U_\mathrm{L}=380\mathrm{V}$，所以 $U_\mathrm{P}=220\mathrm{V}$，令 $\dot{U}_\mathrm{A}=220\angle 0°\mathrm{V}$。由电阻 R 吸收的功率

$$P_R=\frac{U_\mathrm{P}^2}{R}=12\ 100$$

$$R=\frac{220^2}{12\ 100}=4\Omega$$

（1）当开关 S 闭合时，因为是对称电路，电流表 A_2 测量的是 Z_2 负载中线的电流，其读数为 0A，而电流表 A_1 为负载 Z_1 的线电流，进行分相计算。

$$I_\mathrm{AB}=\frac{U_\mathrm{AB}}{|Z_1|}=\frac{380}{30}=12.67\mathrm{A}$$

则线电流

$$I_{\mathrm{A}_1}=\sqrt{3}\,I_\mathrm{AB}=\sqrt{3}\times 12.67=21.95\mathrm{A}$$

即电流表 A_1 的读数为 21.95A。

功率表 W 的读数为两组负载 A 相的功率和电阻 R 的功率之和，即 W 表的读数

$$P_\mathrm{W}=P_{Z_1\mathrm{A}}+P_{Z_2\mathrm{A}}+P_R=0+\left(\frac{220}{\sqrt{15^2+36^2}}\right)^2\times 15+12\ 100=12\ 577.3\mathrm{W}$$

整个电路中消耗的有功功率为

$$P_\text{总}=3(P_\mathrm{N}-P_R)+P_R$$
$$=3(12\ 577.3-12\ 100)+12\ 100=13\ 532\mathrm{W}$$

（2）当开关 S 断开时，A_1 表依然为负载 Z_1 的线电流，所以其读数不变；而 A_2 表的读数即为电阻 R 的电流，而电阻 R 的电压即为 Z_2 负载 A 相的电压。

$$\dot{U}_\mathrm{N'N}=\frac{Y_\mathrm{A}\dot{U}_\mathrm{A}+Y_\mathrm{B}\dot{U}_\mathrm{B}+Y_\mathrm{C}\dot{U}_\mathrm{C}}{Y_\mathrm{A}+Y_\mathrm{B}+Y_\mathrm{C}}=\frac{\left(\dfrac{1}{4}+\dfrac{1}{15+\mathrm{j}36}\right)\dot{U}_\mathrm{A}+\dfrac{1}{15+\mathrm{j}36}\dot{U}_\mathrm{B}+\dfrac{1}{15+\mathrm{j}36}\dot{U}_\mathrm{C}}{\dfrac{1}{4}+\dfrac{3}{15+\mathrm{j}36}}$$

$$=188.4\angle 15.3°\mathrm{V}$$

则　　　　$\dot{U}_R=\dot{U}'_{\mathrm{A}Z_2}=\dot{U}_\mathrm{A}-\dot{U}_\mathrm{N'N}=220\angle 0°-188.4\angle 15.3°=62.8\angle -52.4°$

则 A_2 表的读数 $= \dfrac{U_R}{R} = \dfrac{62.8}{4} = 15.7A$。

此时功率表的读数已无任何意义,它为 A 相电源的功率。

4.4　习题训练与练习

4.4.1　对称三相正弦量

一、填空题

1. 已知对称三相电动势 $e_1 = 220\sin(\omega t - 65°)V$,则 $e_2 = $ _____ V, $e_3 = $ _____ V。

2. 三相对称电源中,比 A 相超前 120°的相是 _____ 相。

3. 已知三相电机的两相电压 $\dot{U}_A = 220\angle - 60°V$, $\dot{U}_B = 220\angle 180°V$,则其电源的相序为 _____ 。

4. 对称三相正弦电压或电流的瞬时值之和等于 _____ 。

5. 已知对称三相电流 $\dot{I}_C = 12\angle 15°A$,则 $\dot{I}_A = $ _____ A。若以 C 相作为参考相量,则 $\dot{I}_A = $ _____ A。

二、选择题

1. 已知三相对称电路,A 相电压为 $U_A\angle 0°V$,则 C 相电压为( )。

    A. $U_A\angle 0°V$　　　　　　　　　　B. $U_A\angle - 120°V$

    C. $U_A\angle + 120°V$　　　　　　　　D. $U_A\angle + 240°V$

2. 下列关于对称三相正弦量的说法正确的是( )。

    A. 三相正弦量的瞬时值(或相量)之和一定等于零

    B. 对称三相正弦量就是频率相同,有效值相等,相位差相等的三个正弦量

    C. 瞬时值之和或相量之和等于零的三相正弦量一定是对称的三相正弦量

    D. 以上说法都是正确的

3. 对称三相正弦量中,C 相的相量图就是将 A 相的相量图( )而得到。

    A. 顺时针旋转 120°　　　　　　　B. 逆时针旋转 120°

    C. 逆时针旋转 240°　　　　　　　D. 以上都不对

4. 若 B→C→A 为正序三相电源,则下列( )为负序三相电源。

    A. A→B→C　　B. C→A→B　　　C. B→A→C　　　　　D. 以上都不对

5. 下列说法正确的是( )。

    A. 对称正弦量的相量图可以随便作,只要求各相量的长度相等且相量之间的相位差为 120°即可

    B. 在电力系统中,A、B、C 三相分别用黄、绿、红 3 种颜色区别

    C. 三相正弦电源 A、B、C 三相是相对的,可以选三相中的任何一相作为参考相

    D. 以上都正确

三、思考题

三相电源的正序为 A、B、C,三相依次滞后 120°,工程中用黄、绿、红三色标记,它们是

如何对应的?

四、计算题

1. 已知 u_A、u_B、u_C 是正序对称三相电压,$u_A = 380\sin(\omega t - 25°)$V。

(1) 写出 u_B、u_C 的解析式。

(2) 写出 $\dot{U}_A$、$\dot{U}_B$、$\dot{U}_C$ 的相量式。

(3) 作出 $\dot{U}_A$、$\dot{U}_B$、$\dot{U}_C$ 的相量图。

(4) 在同一坐标系画出各相电压的波形图。

(5) 求 $t = \dfrac{T}{4}$ 时的各相电压及三相电压之和。

2. 已知同频率三相正弦电流

$$\dot{I}_A = 5\sqrt{3} + j5\text{A} \quad \dot{I}_B = -j10\text{A} \quad \dot{I}_C = -5\sqrt{3} + j5\text{A}$$

(1) 该三相电流是否对称? 若对称,则指明相序。

(2) 求 $\dot{I}_A + \dot{I}_B + \dot{I}_C$,并作出相量图。

4.4.2　三相电源和三相负载的连接

一、填空题

1. 某电网电压为 220kV,是指 _____ 电压为 220kV。

2. 三相交流发电机作丫连接,如发电机每相绕组的正弦电压的幅值为 14.14kV,则其线电压为 _____ kV。

3. 我国三相四线制的低压配电系统中,其线电压为 _____ V。

4. 三相交流发电机作丫连接,已知相电压 $u_A = 380\sin(\omega t - 90°)$V,则线电压 $u_{AB} = $ _____ V。

5. 对称三相电源作△形连接,若其中一相接反,则三相电压和为 _____。

6. 对称三相△形连接负载,若 $\dot{I}_B = 8.66\angle -15°$A,则 $\dot{I}_{AB} = $ _____ A,$\dot{I}_{BC} = $ _____ A, $\dot{I}_{CA} = $ _____ A。

7. 已知三相对称电源的相电压为 220V,而丫连接的对称三相负载的相电压是 127V,则三相电源应作 _____ 连接。

二、选择题

1. 对称丫连接电路中,线电压与相电压的关系是(　　)。

    A. 相等　　　　　B. $\sqrt{2}$ 　　　　　C. $\sqrt{3}$ 　　　　　D. 以上都不正确

2. 下列说法正确的是(　　)。

    A. 只有对称的三相三线制电路,$\dot{I}_A + \dot{I}_B + \dot{I}_C$ 的相量和才会等于零

    B. 无论是丫连接还是△连接,只有对称的三相正弦交流电路的三个线电压的相量和才等于零

    C. 无论有无中线,无论中线阻抗为何值,在丫-丫连接的三相正弦交流电路中,负载中性点与电源中性点总是等电位

    D. 对称的三相四线制电路中,中线电流一定等于 0

3. 如图 4-10 所示三相对称电源，$\dot{U}_{A1}=380\angle 0°$V，则相应的 Ｙ 等效电路的相电压 $\dot{U}_A=$（　　）。

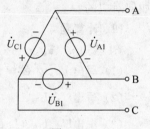

图　4-10

    A. $220\angle -30°$V　　　　　B. $220\angle 0°$V

    C. $380\angle 0°$V　　　　　　D. $380\angle 30°$V

4. 对称三相负载△连接时，已知线电流 $\dot{I}_A=5\sqrt{3}\angle 0°$A，则相电流 $\dot{I}_{AB}$ 为（　　）。

    A. $5\angle 0°$A　　　　　　　B. $5\angle -30°$A

    C. $5\angle 30°$A　　　　　　　D. $5\sqrt{3}\angle -30°$A

5. 对称三相电路负载△连接，已知相电流 $\dot{I}_{AB}=10\angle -36.9°$A，则线电流 $\dot{I}_C=$（　　）。

    A. $10\sqrt{3}\angle -66.9°$A　　　　B. $10\sqrt{3}\angle 53.1°$A

    C. $10\sqrt{3}\angle 173.1°$A　　　　D. $10\sqrt{3}\angle -53.1°$A

6. 下列关于三相正弦电路的线电压与相电压、线电流与相电流之间关系的说法正确的是（　　）。

    A. 电源或负载作 Ｙ 连接时，线电压的有效值一定等于相电压有效值的 $\sqrt{3}$ 倍

    B. 电源或负载作 Ｙ 连接时，线电流的瞬时值总是等于相应的相电流的瞬时值

    C. 电源或负载作△连接时，线电流的有效值一定等于相电流有效值的 $\sqrt{3}$ 倍

    D. 以上都不正确

7. 对称三相电路负载 Ｙ 连接时，已知 $\dot{U}_A=10\angle -30°$V，则线电压 $\dot{U}_{CA}$ 为（　　）。

    A. $10\sqrt{3}\angle 120°$V　　　　　B. $10\sqrt{3}\angle -90°$V

    C. $10\sqrt{3}\angle -60°$V　　　　　D. $10\sqrt{3}\angle -30°$V

三、思考题

一台三相交流发电机定子三相绕组对称，空载时每相绕组的电压为 230V，三相绕组的 6 个端头均引出，但无标记，无法辨认首尾端。试问如何确定各相绕组的首尾端。

四、计算题

1. 已知对称三相正弦交流电路中一组 Ｙ 连接负载的线电压 $\dot{U}_{AB}=380\angle 60°$V，线电流 $\dot{I}_A=11\angle -45°$A，试求出各相负载的相电压及相电流的相量，作出相量图，并求出每相负载的复阻抗。

2. 已知对称三相正弦交流电路中一组△连接负载的线电压 $\dot{U}_{AB}=380\angle 15°$V，线电流 $\dot{I}_A=19\sqrt{3}\angle -60°$A，试求出各相负载的相电压相电流的相量，作出相量图，并求出每相负载的复阻抗。

3. 一对称三相电源，每相绕组电动势的有效值为 220V，相绕组的额定电流为 500A，每相绕组的电阻为 0.01Ω，感抗为 0.25Ω，现将该电源做△连接，若不慎将一相接反，试求电源空载时其回路的电流，并说明可能产生的后果。

4.4.3 对称三相电路的计算

一、填空题

1. 三相四线制电路中,中线电流 $\dot{I}_N = $ _____,对称时 $\dot{I}_N = $ _____。

2. 将三相对称电路中的一相取出,画出的电路图称为 _____。

3. 对称三相三线制丫连接电路,可设想在电源中点 N 和负载中点 N′之间连上 _____,然后再画上单线图;对于对称的三相四线制电路,如果中线有阻抗 Z_N,画单线电路图时,应将此阻抗 _____。

二、选择题

1. 某三相对称负载,其每相阻抗为 10Ω,负载连成星形,接于线电压为 380V 的三相电路中,则线电流为( )。

    A. 22A   B. $22\sqrt{3}$ A   C. 38A   D. $38\sqrt{3}$ A

2. 图 4-11 所示,对称三相电路 $\dot{U}_{AB} = 380\angle 0° V$, $Z = 8 + j6 \Omega$,则电流 $\dot{I}_B = ($)。

    A. $38\angle -36.9° A$ B. $38\sqrt{3}\angle -36.9° A$

    C. $38\sqrt{3}\angle -66.9° A$ D. $38\sqrt{3}\angle 173.1° A$

3. 下列说法错误的是( )。

    A. 三相正弦电路中,若负载的线电压对称,则相电压也一定对称

    B. 三相正弦电路中,若负载的相电压对称,则线电压也一定对称

    C. 三相正弦电路中,若负载的相电流对称,则线电流也一定对称

    D. 三相三线制的正弦电路中,若 3 个线电流 $I_A = I_B = I_C$,且每两相间的相位差相等,则这 3 个线电流一定对称

4. 如图 4-12 所示对称三相电路中,线电流 $\dot{I}_A$ 为( )。

    A. $\dfrac{\dot{U}_A}{Z_L + Z_N + Z}$ B. $\dfrac{\dot{U}_A - \dot{U}_B}{Z_L + Z}$ C. $\dfrac{\dot{U}_A}{Z_L + Z}$ D. $\dfrac{\dot{U}_A}{Z}$

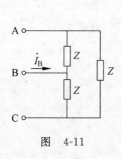

图 4-11

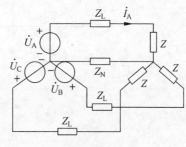

图 4-12

5. 如图 4-13 所示对称三相电路中,线电流 $\dot{I}_A$ 为( )。

    A. $\dfrac{\dot{U}_A}{Z_L + \frac{1}{3}Z}$ B. $\dfrac{\dot{U}_A - \dot{U}_B}{Z_L + Z}$ C. $\dfrac{\dot{U}_A + \dot{U}_B}{Z_L + Z}$ D. $\dfrac{\dot{U}_A}{\frac{1}{3}Z}$

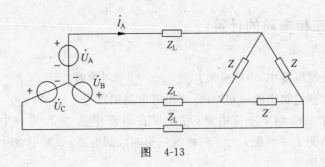

图 4-13

三、思考题

什么是三相负载、单相负载和单相负载的三相连接？三相电动机有 3 根电源线接到电源的 A、B、C 三相上，称为三相负载，电灯有两根电源线，为什么不称为两相负载，而称为单相负载？另外，电灯开关为什么一定要接在相线（火线）上？

四、计算题

1. 有一对称三相负载，每相阻抗 $Z = 20 + j15\Omega$，若将此负载接成丫，接在线电压为 380V 的对称三相电源上，试求负载的相电压、相电流与线电流，并画出电压电流的相量图。

2. 将第 1 题的三相负载接成△形，接在同一电源上，试求负载相电流与线电流，画出电压电流的相量图，并将此题的结果与第 1 题结果进行比较，求得两种接法相应的电流之比值。

3. 已知三相四线制电路中三相电源对称，电源线电压为 380V，端线阻抗 $Z_L = 0.5 + j0.5\Omega$，中线阻抗 $Z_N = 0.5 + j0.5\Omega$。现有 220V、40W、$\cos\varphi = 0.5$ 的日光灯 90 只平分三相接于该电路中，试求负载的相电压、线电压及线电流。

4. 如图 4-14 所示，对称电源的电压为 380V，线路阻抗 $Z_L = 0.3 + j0.4\Omega$，对称负载 $Z_1 = 60\angle 30°\Omega$，$Z_2 = 50\angle 53.1°\Omega$，试求各负载的相电流和线电流的有效值。

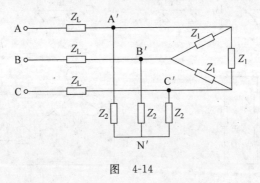

图 4-14

4.4.4　不对称三相电路的计算

一、填空题

1. 三相电路中出现中点电压的现象称为_____。

2. 不对称负载丫₀/丫。连接，中线电流_____零。

3. 对称三相丫连接负载，若 A 相负载短路，则 B、C 相的电压升高到_____；若 B

相负载开路,则其余两相负载串连接在_____之间。

4. 不对称三相四线制电路中,中线的主要作用是_____。

5. 不对称电路发生中性点位移后,会使负载有些相电压_____,有些相电压_____。

二、选择题

1. 如图 4-15 所示对称三相电路,正常时电流表的读数为 17.32A,现将开关 S 断开,问稳态时电流表的读数=(　　)。

  A. 8.66A   B. 0A   C. 17.32A   D. 10A

2. 不对称三相电路中,中线的电流为(　　)。

  A. 0   B. $\dot{I}_A$ C. $\dot{I}_A+\dot{I}_B$ D. $\dot{I}_A+\dot{I}_B+\dot{I}_C$

3. 线电压为 380V 的对称三相电源丫连接,出现了故障。现测得 $U_{CA}=380V$,$U_{AB}=U_{BC}=220V$,分析故障的原因是(　　)。

  A. A 相电源接反 B. B 相电源接反 C. C 相电源接反 D. 无法判定

4. 如图 4-16 所示对称三相电路中,电流表读数均为 1A(有效值),若因故障发生 A 相短路(即开关闭合)则电流表 A_1、A_2 的读数分别为(　　)。

  A. 2A,1A   B. 3A,1A   C. 3A,$\sqrt{3}$A   D. $\sqrt{3}$A,3A

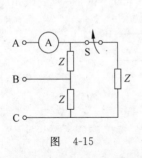 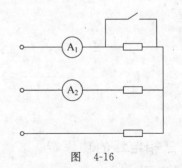

图　4-15   图　4-16

5. 三相四线制照明电路中,忽有两相电灯变暗,一相变亮,出现故障的原因是(　　)。

  A. 电源电压突然降低   B. 有一相短路

  C. 不对称负载中性线突然断开   D. 有一相开路

三、思考题

不对称三相丫形连接电路,若去掉中线,试分析对负载有什么影响? 为什么三相四线制的总中线上不接开关,也不接熔断器?

四、计算题

1. 已知不对称三相四线制系统中的线电压 $U_L=380V$,不对称的负载分别是 $Z_A=30+j20\Omega$,$Z_B=40+j40\Omega$,$Z_C=20+j10\Omega$。试求:(1)当 $Z_N=0\Omega$ 时的中点电压、负载线电流和中线电流;(2)当中线阻抗 $Z_N=4+j3\Omega$ 时的中点电压、线电流和中线电流。

2. 如图 4-17 所示,已知电源的线电压 $U_L=380V$,$Z=50+j50\Omega$,$Z_1=100+j100\Omega$,Z_A 为 R、L、C 串联组成,$R=50\Omega$,$X_L=314\Omega$,$X_C=264\Omega$。试求:(1)开关打开时的线电流;(2)开关闭合时的线电流。

3. 如图 4-18 所示电路为对称三相电源供电给两组负载,已知对称负载 $Z = 10 + j10\Omega$,不对称负载 $Z_A = Z_B = 30\Omega, Z_C = -j30\Omega$,电源线电压 $U_L = 380V$,求电压表读数。

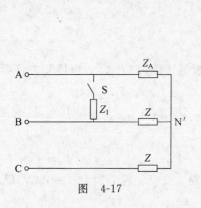

图 4-17

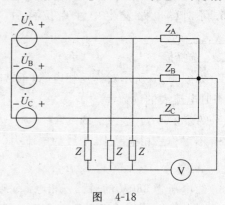

图 4-18

4. 如图 4-19 所示电路接到电压为 380V 的电源上,已知 $Z = 5 + j8\Omega, Z_{A'B'} = 240 + j80\Omega$,电压表的阻抗为无穷大,试求电压表 V_1、V_2 的读数。

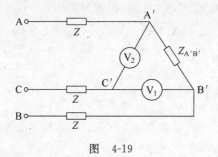

图 4-19

4.4.5 三相电路的功率

一、填空题

1. 在对称三相电路中,总的瞬时功率与平均功率_____。

2. 在对称三相电路的有功功率公式 $P = \sqrt{3}U_L I_L \cos\varphi$,该公式的应用与_____无关,并且 φ 是_____和_____的相位差,而不是_____和_____的相位差。

3. 对称三相负载的功率因数就是_____的功率因数。

4. 某一三相电阻炉每相的电阻为 22Ω,若将其作丫连接接到电压为 380V 的对称三相电源上,电阻炉消耗的功率是_____W;若将其作△连接,接到同一电源上,则电阻炉消耗的功率是_____W。

5. 将三相负载 $Z = 10\angle 600^{\circ}\Omega$ 作△连接后,接到线电压为 380V 的电源上,则其从电路中吸收的无功功率为_____Var,视在功率为_____V·A。

二、选择题

1. 在相同的电源线电压作用下,同一负载作△连接时的有功功率是作星形连接时的有功功率的(   )倍。

    A. 2 倍　　　　　　B. $\sqrt{2}$ 倍　　　　　　C. 3 倍　　　　　　D. $\sqrt{3}$ 倍

2. 如图 4-20 所示对称三相电路中,已知负载线电流为 $10\sqrt{3}$ A,电阻 $R=2\Omega$,则三相负载所接受的有功功率为(　　)。

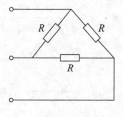

A. 600W

B. 200W

C. $100\sqrt{3}$ W

D. 100W

图　4-20

3. 下列关于三相电路的功率的说法正确的是(　　)。

A. 无论对称与否三相正弦交流电路中的总的有功功率、无功功率分别等于各相有功功率、无功功率之和

B. 无论对称与否,无论电路的连接方式如何,三相电路的有功、无功功率可用 $P=3U_{\mathrm{P}}I_{\mathrm{P}}\cos\varphi=\sqrt{3}U_{\mathrm{L}}I_{\mathrm{L}}\cos\varphi,Q=3U_{\mathrm{P}}I_{\mathrm{P}}\sin\varphi=\sqrt{3}U_{\mathrm{L}}I_{\mathrm{L}}\sin\varphi$ 公式来计算

C. 三相正弦交流电路的瞬时功率之和总是等于该三相电路的有功功率

D. 以上都正确

4. 下列关于三相电路的视在功率的说法正确的是(　　)。

A. 由对称电路的视在功率 $S=\sqrt{3}U_{\mathrm{L}}I_{\mathrm{L}}$ 可以断定,三相电路中视在功率和有功功率、无功功率一样保持平衡

B. 不管电路对称与否,三相电路中总的视在功率 S 一定等于 $\sqrt{P_{\mathrm{总}}^2+Q_{\mathrm{总}}^2}$

C. 无论对称与否,无论电路的连接方式如何,三相电路的视在功率都可用公式 $S=S_{\mathrm{A}}+S_{\mathrm{B}}+S_{\mathrm{C}}$ 来计算

D. 以上都不对

三、计算题

1. 有一个三相异步发电机,其绕组连成△形,接于线电压 $U_{\mathrm{L}}=380$V 的电源上,从电源上所吸收的功率 $P=11.43$kW,功率因数 $\cos\varphi=0.87$,试求电动机的相电流与线电流。

图　4-21

2. 功率为 2.4kW,功率因数为 0.6 的对称三相感性负载与线电压为 380V 的供电系统相连,如图 4-21 所示。

(1) 求线电流 I_{L}。

(2) 若负载是丫连接,求相阻抗 Z_{Y}。

(3) 若负载是△连接,求相阻抗 $Z_{\triangle}$。

3. 如图 4-22 所示,△连接三相电压源每相电压为 380V,丫连接对称三相电阻负载的总功率为 15kW。试求:(1)正常情况下每相电压源的电流、有功功率、无功功率和视在功率;(2)电压源断开一相后(如 $\dot{U}_{\mathrm{SA}}$ 断开),其他两相的电压源的电流、有功功率、无功功率和视在功率。

4. 对称三相感性负载经每相阻抗 $Z_{\mathrm{L}}=2+\mathrm{j}4\Omega$ 的端线接到三相电源上,已知负载的总功率为 5kW、线电压为 380V,功率因数为 0.8,试求电压源的线电压。

5. 如图 4-23 所示,对称负载接成△连接,已知电源电压 $U_{\mathrm{L}}=220$V,电流表读数 $I_{\mathrm{L}}=17.32$A,三相功率 $P=4.5$kW。试求:(1)每相负载的电阻和电抗;(2)当 AB 相负载断开时,图中各电流表的读数及负载总功率;(3)当 A 线断开时,图中各电流表的读数及负载总功率。

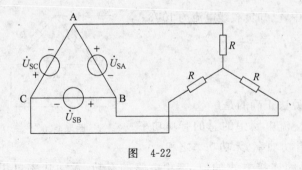

图 4-22

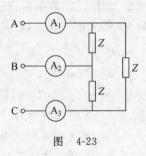

图 4-23

4.5　综合测试题

一、填空题

1. 对称三相电路负载作Y连接时,$\dot{U}_B$ 与 $\dot{U}_{BC}$ 的相位关系是 $\dot{U}_B$ 比 $\dot{U}_{BC}$ 滞后 _____。

对称三相电路负载作△连接时,$\dot{I}_A$ 与 $\dot{I}_{AB}$ 的相位关系是 $\dot{I}_A$ 比 $\dot{I}_{AB}$ 滞后 _____。

2. 对称三相电路负载△连接时,线电流 I_L 与相电流 I_P 的关系是 _____。

3. 三相四线制可获得两种电压,即线电压和相电压。线电压是 _____ 和 _____ 之间的电压,相电压是 _____ 和 _____ 之间的电压。

4. 有一台三相发电机,作Y连接,其线电压为 380V,若将其改为△连接,则 U_L = _____ V。

5. 一台三相发电机的额定功率 P_e＝5000kW,额定电压 U_e＝10.5kV,额定功率因数 $\cos\varphi_e$＝0.8,则发电机的额定电流 I_e＝ _____ A,额定视在功率 S_e＝ _____ kV·A,额定无功功率 Q_e＝ _____ kVar。

二、判断题

1. 对称三相正弦量每两相间的相位差为 120°,若参考相发生改变时,则它们间的相位差也发生变化。(　　)

2. 某一个三相四线制电路,测得三相电流都是 10A,则中线电流一定等于 0。(　　)

3. 无论是瞬时值还是相量值,对称三相电源三个相电压的和恒等于 0,所以,接上负载后不会产生电流。(　　)

4. Y连接电路的线电压等于其对应两相的相电压之差。(　　)

5. 三相电源无论是否对称,三个线电压的相量和恒等于零。(　　)

6. 电源或负载作Y形连接时,线电压的有效值一定等于相电压有效值的 $\sqrt{3}$ 倍。(　　)

7. 在三相三线制电路中,若 3 个线电流 $I_A＝I_B＝I_C$,则这 3 个线电流一定对称。(　　)

三、选择题

1. 对称三相电源Y连接,已知相电压 $\dot{U}_C$＝220∠0°V,则线电压 $\dot{U}_{AB}$＝(　　)。

　　A. 380∠150°V　　　　　　　　　　B. 380∠−90°V

　　C. 380∠30°V　　　　　　　　　　 D. 380∠−150°V

2. 对称三相电路负载△连接,已知相电流 $\dot{I}_{BC}=10\angle-45°A$,则线电流 $\dot{I}_A=(\quad)$。

　　A. $\sqrt{3}10\angle-75°A$　　　　　　　　B. $\sqrt{3}10\angle45°A$

　　C. $\sqrt{3}10\angle165°A$　　　　　　　　D. $\sqrt{3}10\angle-135°A$

3. 如图 4-24 所示对称三相电路,正常时电流表(内阻为零)读数为 8.66A,现将 S 断开,问 S 断开后电流表的读数是(　　)。

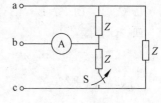

　　A. 0A　　　　　B. 4.33A

　　C. 5A　　　　　D. 8.66A

图　4-24

4. 如图 4-25 所示对称三相电路中,线电流 $\dot{I}_A$ 为(　　)。

　　A. $\dfrac{\dot{U}_A}{\dfrac{1}{3}Z}$　　　　B. $\dfrac{\dot{U}_A-\dot{U}_B}{Z}$　　　　C. $\dfrac{\dot{U}_A}{Z}$　　　　D. $\dfrac{\dot{U}_A+\dot{U}_B}{Z}$

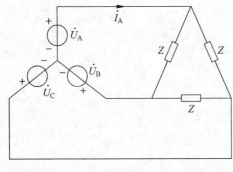

图　4-25

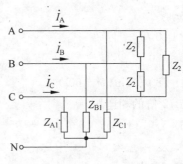

图　4-26

四、计算题

1. 线电压 U_L 为 380V 的三相电源,同时接有一组丫和一组△对称负载,已知 $Z_Y=80\Omega$,$Z_\triangle=90+j120\Omega$,求三相负载的相电流与线电流以及三相电路中消耗的总功率。

2. 如图 4-26 所示,三相电源电压为 220V,丫₀ 连接负载 $Z_{A1}=100\Omega$,$Z_{B1}=100\angle60°\Omega$,$Z_{C1}=100\angle-60°\Omega$,对称△连接负载 $Z_2=100\angle30°\Omega$,试求:(1)两组负载的相电流与线电流;(2)中线电流及各端线电流。

3. 由电阻、电感和电容 3 个元件组成的不对称三相负载接成△形,$R=X_L=X_C=15\Omega$,将它们接于相电压 $U_P=220$V 的丫连接对称三相电源上,试求各相电流及线电流。

4.6　习题答案

4.4.1 对称三相正弦量

一、填空题

1. $e_2=220\sin(\omega t+175°)$　　$e_3=220\sin(\omega t+55°)$

2. C 相

3. 正序

4. 零

5. $12\angle-105°$；$12\angle-120°$

二、选择题

1. C 2. B 3. B 4. C 5. D

四、计算题

1. (1) $u_B=380\sin(\omega t-145°)$V $u_C=380\sin(\omega t+95°)$V

(2) $\dot{U}_A=220\angle-25°$ $\dot{U}_B=220\angle-145°$ $\dot{U}_C=220\angle-95°$

(5) $u_A\left(\dfrac{\pi}{4}\right)=344.4$V $u_B\left(\dfrac{\pi}{4}\right)=-311.3$V $u_C\left(\dfrac{\pi}{4}\right)=-33.2$V

2. (1) 对称；正序   (2) 0

4.4.2 三相电源和三相负载的连接

一、填空题

1. 线

2. $10\sqrt{3}$

3. 380

4. $380\sqrt{3}\sin(\omega t-60°)$

5. 2 倍的相电压

6. $5\angle135°$；$5\angle15°$；$5\angle-105°$

7. △

二、选择题

1. C 2. D 3. A 4. C 5. B 6. B 7. A

四、计算题

1. $\dot{U}_A=220\angle30°$ $\dot{U}_B=220\angle-90°$ $\dot{U}_C=220\angle150°$

$\dot{I}_A=11\angle-45°$A $\dot{I}_B=11\angle-165°$A $\dot{I}_C=11\angle75°$A $Z=(5.18+j19.3)\Omega$

2. $\dot{U}_{AB}=380\angle15°$V $\dot{U}_{BC}=380\angle-105°$V $\dot{U}_{CA}=380\angle135°$V

$\dot{I}_{AB}=19\angle-30°$A $\dot{I}_{BC}=19\angle-150°$A $\dot{I}_{CA}=19\angle90°$A

3. $I_0=586.7$A$>I_e=500$A，所以线圈被烧坏

4.4.3 对称三相电路的计算

一、填空题

1. $\dot{I}_A+\dot{I}_B+\dot{I}_C$；0

2. 单线电路图

3. 中性线；短路

二、选择题

1. A 2. D 3. A 4. C 5. A

四、计算题

1. $U_P = 220V$ $I_P = I_L = 8.8A$

2. $I_P = 15.2A$ $I_L = 15.2\sqrt{3}A$ $I_\triangle : I_Y = 3 : 1$(线电流之比)

3. $U_P = 213V$ $U_L = 369.3V$ $I_L = 10.57A$

4. $I_{PZ2} = I_{LZ2} = 4.26A$ $I_{LZ1} = 10.67A$ $I_{PZ1} = 6.16A$

4.4.4 不对称三相电路的计算

一、填空题

1. 中性点位移

2. 不等于

3. 线电压；AC 相

4. 强制中点的电压为 0,使负载的相电压对称

5. 高；低

二、选择题

1. D   2. D   3. B   4. C   5. C

四、计算题

1. (1) $U_{N'N} = 0V$ $I_A = 6.11A$ $I_B = 3.89A$ $I_C = 9.84A$ $I_N = 5.48A$

   (2) $U_{N'N} = 18.96V$ $I_A = 6.36A$ $I_B = 4.08A$ $I_C = 8.99A$ $I_N = 3.79A$

2. (1) $I_A = I_B = I_C = 3.11A$

   (2) $I_A = 5.74A$ $I_B = 5.6A$ $I_C = 3.11A$

3. 138.3V

4. V_1 表读数为 366.1V V_2 表读数为 381.9V

4.4.5 三相电路的功率

一、填空题

1. 相等   2. 连接方式；相电压；相电流；线电压；线电流

3. 其中一相负载   4. 6600W；19 800W   5. $21\,660\sqrt{3}$；43 320

二、选择题

1. C   2. A   3. A   4. B

三、计算题

1. $I_L = 19.96A$ $I_P = 11.52A$

2. (1) $I_L = 6.08A$

   (2) $Z_Y = 36.18\angle 53.1° = 21.72 + j28.9\Omega$

   (3) $Z_\triangle = 108.54\angle 53.1° = 65.17 + j86.8\Omega$

3. (1) $I_P = 13.16A$ $P = 5000W$ $Q = 0Var$ $S = P = 5000W$

   (2) $I_{SB} = 22.79A$ $P_{SB} = 7520.7W$ $Q_{SB} = 4330.1Var$ $S_{SB} = 8678.2V \cdot A$

      $I_{SC} = 22.79A$ $P_{SB} = 7520.7W$ $Q_{SC} = -4330.1Var$ $S_{SC} = 8678.2V \cdot A$

4. $U_{L电源} = 448V$

5. (1) $R = 15\Omega$ $X = 16\Omega$

（2）A_1 表读数为 10A；　A_2 表读数为 10A；　A_3 表读数为 17.32A；　$P=3000W$

（3）A_1 表读数为 0A；　A_2 表读数为 15A；　A_3 表读数为 15A；　$P=2250W$

4.5 综合测试题

一、填空题

1. $30°$；$30°$

2. $I_L = \sqrt{3}\,I_P$

3. 端线；端线；端线；中线

4. 220

5. 343.7；6250；3750

二、判断题

1. $\times$　2. $\times$　3. $\times$　4. $\checkmark$　5. $\checkmark$　6. $\times$　7. $\times$

三、选择题

1. B　2. B　3. C　4. A

四、计算题

1. Y负载：$I_L = I_P = 2.75A$；　△负载：$I_L = 4.4A, I_P = 2.54A$；　$P = 3545W$

2. Y负载：$\dot{I}_{A1} = 2.2\angle 0°A$　$\dot{I}_{B1} = 2.2\angle -180°A$　$\dot{I}_{C1} = 2.2\angle 180°A$

　△负载：相电流$\dot{I}_{AB} = 3.8\angle 0°A$　$\dot{I}_{BC} = 3.8\angle -120°A$　$\dot{I}_{CA} = 3.8\angle 120°A$

　线电流$\dot{I}_{A2} = 3.8\sqrt{3}\angle -30°A$　$\dot{I}_{B2} = 3.8\sqrt{3}\angle -90°A$　$\dot{I}_{C2} = 3.8\sqrt{3}\angle 150°A$

　中线电流$\dot{I}_N = 2.2\angle -180°A$

　端线电流$\dot{I}_A = 8.56\angle -22.6°A$　$\dot{I}_B = 6.94\angle -108.5°A$　$\dot{I}_C = 8.56\angle 157.4°A$

3. $\dot{I}_{AB} = 25.3\angle 30°A$　$\dot{I}_{BC} = 25.3\angle -180°A$　$\dot{I}_{CA} = 25.3\angle -120°A$

　$\dot{I}_A = 48.86\angle 45°A$　$\dot{I}_B = 48.86\angle -15°A$　$\dot{I}_C = 25.3\angle -60°A$

第 5 章

非正弦周期性电流电路

5.1 教学目的和要求

（1）了解用傅里叶级数将非正弦周期量分解为谐波的方法。

（2）了解对称波形的傅里叶级数展开式的特点。

（3）掌握非正弦周期电流电路中的有效值、有功功率的计算，了解平均值的计算。

（4）掌握应用叠加定理计算非正弦周期电流电路的步骤。

（5）理解谐波、波形因数、等效正弦波等概念。

（6）了解对称三相电路中的高次谐波。

5.2 教学内容和要点

5.2.1 非正弦周期量的有效值、功率

（1）按照傅里叶级数展开法，任何一个满足狄里赫利（Dirichlet）条件的非正弦周期信号（函数）都可以分解为一个恒定分量与无穷多个频率为非正弦周期信号频率的整数倍、不同幅值的正弦分量的和。

设 $f(t)$ 为一非正弦周期函数，其周期为 T，角频率 $\omega=\dfrac{2\pi}{T}$，则 $f(t)$ 的傅里叶级数展开式为

$$f(t) = \frac{a_0}{2} + \sum_{k=1}^{\infty}\left[a_k\cos(k\omega t) + b_k\sin(k\omega t)\right] = A_0 + \sum_{k=1}^{\infty}A_k\sin(k\omega t + \varphi_k) \tag{5-1}$$

式中，$\dfrac{a_0}{2}$、A_0 为直流分量；$a_k\cos(k\omega t)$ 为余弦项；$b_k\sin(k\omega t)$ 为正弦项；a_0、a_k、b_k 为傅里叶系数。

$A_1\sin(\omega t + \varphi_1)$ 项频率与原非正弦周期函数 $f(t)$ 的频率相同，称为非正弦周期函数 $f(t)$ 的基波。$k\geqslant 2$ 各项统称为高次谐波。并根据分量的频率是基波的 k 倍，称为 k 次谐波。

（2）对称波形的傅里叶级数展开式的特点。

① 波形在横轴上、下部分包围的面积相等，则其傅里叶级数展开式中不含直流分量，

$a_0 = 0$。

② 奇函数的波形对称于原点,其傅里叶级数展开式中不含直流分量和余弦谐波分量,$a_0 = 0$、$a_k = 0$。

③ 偶函数的波形对称于纵轴,其傅里叶级数展开式中不含正弦谐波分量,$b_k = 0$。

④ 奇谐波函数的波形对称于横轴,其傅里叶级数展开式中不含直流分量和偶次谐波,只含奇次谐波。

(3) 非正弦周期的有效值等于直流分量的平方与各次谐波有效值的平方之和的平方根,即

$$I = \sqrt{I_0^2 + I_1^2 + I_2^2 + I_3^2 + \cdots}$$

$$U = \sqrt{U_0^2 + U_1^2 + U_2^2 + U_3^2 + \cdots}$$

(4) 在电路分析中,常把非正弦周期量的绝对值在一个周期内的平均值定义为平均值,即

$$A_{av} = \frac{1}{T} \int_0^T |f(t)| \, dt$$

实际上它是绝对值的平均值,但习惯上称为平均值,也称均绝值或整流平均值。

(5) 工程上为粗略反映波形的性质,定义波形因数 K_f 为

$$K_f = \frac{有效值}{整流平均值} \quad (K_f \geqslant 1)$$

周期量的波形越尖,K_f 越大;波形越平,K_f 越接近于 1。正弦量的 $K_f \approx 1.11$。

(6) 非正弦周期电路的有功功率等于各次谐波的有功功率之和,即

$$P = U_0 I_0 + \sum_{k=1}^{\infty} U_k I_k \cos\varphi_k = P_0 + P_1 + P_2 + P_3 + \cdots$$

不同次谐波电压、电流虽然构成瞬时功率,但不构成有功功率,只有同次谐波电压、电流才构成有功功率。

在非正弦周期电路中有时也用到视在功率,定义为

$$S = UI$$

功率因数定义为

$$\lambda = \frac{P}{S}$$

5.2.2　非正弦周期性电流电路的分析计算

(1) 根据线性电路的叠加原理,非正弦周期信号作用下的线性电路稳态响应可以视为一个恒定分量和无穷多个正弦分量单独作用下各稳态响应分量的叠加。因此,非正弦周期信号作用下的线性电路稳态响应分析可以转化成直流电路和正弦电路的稳态分析。

可应用电阻电路计算方法计算出恒定分量作用于线性电路时的稳态响应分量。在直流稳态电路中,电容元件相当于开路,电感元件相当于短路。

可应用相量法计算出不同频率正弦分量作用于线性电路时的稳态响应分量。要注意的是,电感元件、电容元件对不同频率的谐波的感抗、容抗不同。对 k 次谐波的感抗、容抗分别为

$$X_{Lk} = k\omega L, \quad X_{Ck} = \frac{1}{k\omega C}$$

将对各分量在时间域进行叠加,即可得到线性电路在非正弦周期信号作用下的稳态响应。

（2）为了简化计算,在近似的计算中有时把非正弦周期量用等效正弦量代替,从而把非正弦电路简化为正弦电路。用一个等效正弦波代替非正弦周期波的条件是：等效正弦波和非正弦周期波的频率相同,等效正弦波和非正弦周期波的有效值相等,且电路的有功功率不变。

（3）对称三相非正弦交流电压、电流中含奇次谐波,其中一、七等次谐波为正序对称量,三、九等次谐波为零序对称量,五、十一等次谐波为负序对称量。

对称三相非正弦电路中,线电压中不含零序谐波,三相三线制电路的线电流中不含零序谐波,中线电流为零序谐波电流,中点电压为零序谐波电压。

5.3　典型例题分析与解答

例 5-1　在图 5-1 所示电路中,已知 $R = \omega L = \dfrac{1}{\omega C} = 2\,\Omega$,非正弦电源电压 $u = (4 + 100\sqrt{2}\sin\omega t + 40\sqrt{2}\sin 3\omega t)\,\mathrm{V}$。试求：(1)电路中的电流 i、i_a、i_b。(2)该电路的有功功率 P。

解　（1）非正弦电源电压 $u = (4 + 100\sqrt{2}\sin\omega t + 40\sqrt{2}\sin 3\omega t)\,\mathrm{V}$ 有 3 个分量,直流分量 $U_0 = 4\,\mathrm{V}$,基波分量 $u_1 = 100\sqrt{2}\sin\omega t\,\mathrm{V}$,三次谐波分量 $u_3 = 40\sqrt{2}\sin 3\omega t\,\mathrm{V}$。应用叠加定理分别计算出 3 个电压分量单独作用时的电流分量。

① 直流分量 $U_0 = 4\,\mathrm{V}$ 单独作用时,电容元件相当于开路,电感元件相当于短路,电路如图 5-2 所示。

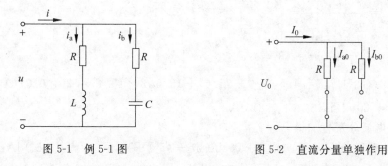

图 5-1　例 5-1 图　　　　　　　图 5-2　直流分量单独作用

由图 5-2 可得

$$I_{b0} = 0$$

$$I_0 = I_{a0} = \frac{U_0}{R} = \frac{4}{2} = 2\,\mathrm{A}$$

② 基波分量 $u_1 = 100\sqrt{2}\sin\omega t\,\mathrm{V}$ 单独作用时,电路如图 5-3 所示,可用相量法进行计算。

$$\dot{I}_{a1} = \frac{\dot{U}_1}{R + j\omega L} = \frac{100\angle 0°}{2 + j2} = 25\sqrt{2}\angle -45°\text{A}$$

$$i_{a1} = 50\sin(\omega t - 45°)\text{A}$$

$$\dot{I}_{b1} = \frac{\dot{U}_1}{R - j\dfrac{1}{\omega C}} = \frac{100\angle 0°}{2 - j2} = 25\sqrt{2}\angle 45°\text{A}$$

$$i_{b1} = 50\sin(\omega t + 45°)\text{A}$$

$$\dot{I}_1 = \dot{I}_{a1} + \dot{I}_{b1} = 25\sqrt{2}\angle -45° + 25\sqrt{2}\angle 45° = 50\angle 0°\text{A}$$

$$i_1 = 50\sqrt{2}\sin\omega t\,\text{A}$$

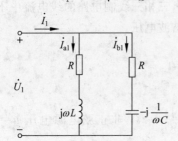
图 5-3　基波分量单独作用

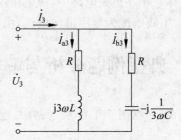
图 5-4　三次谐波分量单独作用

③ 三次谐波分量 $u_3 = 40\sqrt{2}\sin 3\omega t\,\text{V}$ 单独作用时,电路如图 5-4 所示。

$$\dot{I}_{a3} = \frac{\dot{U}_3}{R + j3\omega L} = \frac{40\angle 0°}{2 + j6} = 4.5\sqrt{2}\angle -71.6°\text{A}$$

$$i_{a3} = 9\sin(3\omega t - 71.6°)\text{A}$$

$$\dot{I}_{b3} = \frac{\dot{U}_3}{R - j\dfrac{1}{3\omega C}} = \frac{40\angle 0°}{2 - j\dfrac{2}{3}} = 13.5\sqrt{2}\angle 18.4°\text{A}$$

$$i_{b3} = 27\sin(3\omega t + 18.4°)\text{A}$$

$$\dot{I}_3 = \dot{I}_{a3} + \dot{I}_{b3} = 4.5\sqrt{2}\angle -71.6° + 13.5\sqrt{2}\angle 18.4° = 20\angle 0.81°\text{A}$$

$$i_3 = 20\sqrt{2}\sin(3\omega t + 0.81°)\text{A}$$

④ 将各电流分量叠加得

$$i_a = I_{a0} + i_{a1} + i_{a3} = [2 + 50\sin(\omega t - 45°) + 9\sin(3\omega t - 71.6°)]\text{A}$$

$$i_b = I_{b0} + i_{b1} + i_{b3} = [50\sin(\omega t + 45°) + 27\sin(3\omega t + 18.4°)]\text{A}$$

$$i = I_0 + i_1 + i_3 = [2 + 50\sqrt{2}\sin\omega t + 20\sqrt{2}\sin(3\omega t + 0.81°)]\text{A}$$

(2) 解法一:先分别求出各次谐波的有功功率。

$$P_0 = I_{a0}^2 R = 2^2 \times 2 = 8\text{W}$$

$$P_1 = I_{a1}^2 R + I_{b1}^2 R = (25\sqrt{2})^2 \times 2 + (25\sqrt{2})^2 \times 2 = 5000\text{W}$$

$$P_3 = I_{a3}^2 R + I_{b3}^2 R = (4.5\sqrt{2})^2 \times 2 + (13.5\sqrt{2})^2 \times 2 = 810\text{W}$$

非正弦周期电路的有功功率等于各次谐波的有功功率之和,即

$$P = P_0 + P_1 + P_3 = 8 + 5000 + 810 = 5818\text{W}$$

解法二：电路的有功功率等于各次谐波的有功功率之和，即

$$P = U_0 I_0 + U_1 I_1 \cos\varphi_1 + U_3 I_3 \cos\varphi_3$$
$$= 4 \times 2 + 100 \times 50 + 40 \times 20 \times \cos(-0.81°)$$
$$= 8 + 5000 + 800$$
$$= 5808\text{W}$$

解法三：电路总的有功功率等于两个电阻消耗的有功功率之和，即

$$P = I_a^2 R + I_b^2 R$$
$$= (I_{a0}^2 + I_{a1}^2 + I_{a3}^2)R + (I_{b0}^2 + I_{b1}^2 + I_{b3}^2)R$$
$$= [2^2 + (25\sqrt{2})^2 + (4.5\sqrt{2})^2] \times 2 + [0^2 + (25\sqrt{2})^2 + (13.5\sqrt{2})^2] \times 2$$
$$= 2589 + 3229 = 5818\text{W}$$

例 5-2 电路如图 5-5 所示，已知 $u_1 = 10\sqrt{2}\sin t\text{V}$，$u_2 = 3\text{V}$，$R = 10\Omega$，$L = 1\text{H}$，$C = 1\text{F}$。求功率表和电流表的读数。

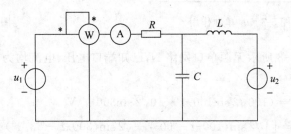

图 5-5 例 5-2 图

解 该电路有两个不同频率的电源共同作用，它们产生的响应属于非正弦的形式，可应用叠加原理进行分析计算。电流表的读数指的是电流的有效值，这样问题关键是求非正弦电流的有效值。求功率表的读数，就是求非正弦电路的有功功率。

（1）$u_1 = 10\sqrt{2}\sin t\text{V}$ 单独作用时，电路如图 5-6 所示。

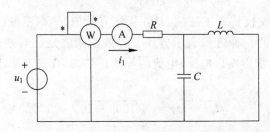

图 5-6 u_1 单独作用

可用相量法进行计算，$\dot{U}_1 = 10\angle 0°\text{V}$，$\text{j}\omega L = \text{j}1\Omega$，$-\text{j}\dfrac{1}{\omega C} = -\text{j}1\Omega$，电路发生并联谐振，所以

$$i_1 = 0\text{A}$$
$$P_1 = 0\text{W}$$

（2）$u_2 = 3\text{V}$ 单独作用时，电容元件相当于开路，电感元件相当于短路，电路如图 5-7

所示。

$$i_2 = \frac{u_2}{R} = \frac{3}{10} = 0.3\text{A}$$

$$P_2 = 0\text{W}$$

$$i = i_1 - i_2 = 0 - 0.3 = -0.3\text{A}$$

$$P = P_1 + P_2 = 0\text{W}$$

所以,电流表的读数为 0.3A,功率表的读数为 0。

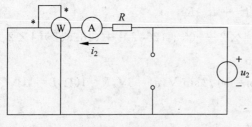

图 5-7 u_2 单独作用

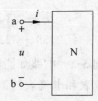

图 5-8 例 5-3 图

例 5-3 如图 5-8 所示无源单口网络 N,已知端口电压、电流均为非正弦周期量,表达式分别为

$$u = (100\sqrt{2}\sin100\pi t + 10\sqrt{2}\sin300\pi t)\text{V}$$

$$i = [4\sqrt{2}\sin(100\pi t - 60°) + \sqrt{2}\sin(300\pi t - 53.1°)]\text{A}$$

(1) 求此无源单口网络的有功功率。

(2) 求端口电压、电流的等效正弦波。

解 (1) 单口网络的有功功率等于各次谐波的有功功率之和,即

$$P = U_1 I_1 \cos\varphi_1 + U_3 I_3 \cos\varphi_3$$

$$= 100 \times 4 \times \cos60° + 10 \times 1 \times \cos53.1°$$

$$= 200 + 6 = 206\text{W}$$

(2) 用等效正弦波代替非正弦波,是在保证有效值、频率不变的前提下,调整初相使有功功率也保持相同的一种近似表示方法。等效正弦波是在有效值、频率、有功功率这 3 个方面等效,因此要求出端口电压、电流的等效正弦波,首先要求出端口电压、电流的有效值。

$$U = \sqrt{U_1^2 + U_3^2} = \sqrt{100^2 + 10^2} = 100.5\text{V}$$

$$I = \sqrt{I_1^2 + I_3^2} = \sqrt{4^2 + 1^2} = 4.1\text{A}$$

设等效正弦电压的初相为零,则

$$u = 100.5\sqrt{2}\sin100\pi t\,\text{V}$$

设等效正弦电流的初相为 φ_i(即等效正弦电压与等效正弦电流之间的相位差),由

$$P = UI\cos\varphi_i = 100.5 \times 4.1 \times \cos\varphi_i = 206\text{W}$$

得

$$\varphi_i = \arccos\frac{206}{100.5 \times 4.1} = 60°$$

电流的等效正弦波为

$$i = 4.1\sqrt{2}\sin(100\pi t - 60°)\,\text{A}$$

例 5-4　图 5-9 所示电路中,已知 $R=1\text{k}\Omega$, $L=1\text{mH}$,电压 u_1 含有基波和三次谐波,基波角频率为 $10^4\,\text{rad/s}$。若 u_2 中不含基波分量,且 u_2 中的三次谐波分量与 u_1 中的三次谐波分量完全相同,试确定参数 C_1 和 C_2。

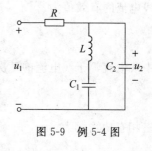

图 5-9　例 5-4 图

解　u_2 中不含基波分量,说明 L、C_1 对基波发生串联谐振,即

$$\omega L = \frac{1}{\omega C_1}$$

得

$$C_1 = \frac{1}{\omega^2 L} = \frac{1}{10^8 \times 1 \times 10^{-3}} = 10\mu\text{F}$$

u_2 中的三次谐波分量与 u_1 中的三次谐波分量完全相同,说明 L、C_1、C_2 对三次谐波发生并联谐振,即

$$\text{j}3\omega C_2 + \frac{1}{\text{j}3\omega L - \text{j}\dfrac{1}{3\omega C_1}} = 0$$

得

$$C_2 = \frac{C_1}{9\omega^2 L C_1 - 1} = 1.25\mu\text{F}$$

例 5-5　丫形连接的对称三相负载,每相负载为纯电阻 $R=20\Omega$,接到相电压有效值 $U_P=115\text{V}$ 的丫形连接对称三相电源上(含一、三次谐波)。

(1) 若无中线,且测得中点电压 $U_{N'N}=30\text{V}$。试求线电流、负载相电压的有效值和三相有功功率。

(2) 若接上阻抗为零的中线,试求线电流、中线电流、负载相电压的有效值及三相有功功率。

解　(1) 无中线时,中点电压等于电源相电压的三次谐波,即

$$U_3 = U_{N'N} = 30\text{V}$$

由此得电源相电压的基波有效值

$$U_1 = \sqrt{U^2 - U_3^2} = \sqrt{115^2 - 30^2} = 111\text{V}$$

负载相电压中不含三次谐波,其有效值等于电源相电压的基波有效值,即

$$U'_P = U_1 = 111\text{V}$$

线电流不含三次谐波,其有效值为

$$I = \frac{U'_P}{R} = \frac{111}{20} = 5.55\text{A}$$

三相有功功率为

$$P = 3U'_P I\cos\varphi = 3 \times 111 \times 5.55 = 1848.15\text{W}$$

（2）有中线时，负载相电压等于电源相电压，即

$$U'_P = U_P = 115V$$

线电流的有效值为

$$I = \frac{U'_P}{R} = \frac{115}{20} = 5.75A$$

中线电流等于线电流的三次谐波的 3 倍，因此中线电流的有效值为

$$I_N = 3\frac{U_3}{R} = 3 \times \frac{30}{20} = 4.5A$$

三相有功功率为

$$P = 3U'_P I\cos\varphi = 3 \times 115 \times 5.75 = 1983.75W$$

5.4　习题训练与练习

5.4.1　非正弦周期量的有效值、功率

一、填空题

1. 若某非正弦周期函数的波形在横轴上、下部分包围的面积相等，则其傅里叶级数展开式中不含_____分量。

2. 奇周期函数的傅里叶级数展开式中不含_____分量和_____分量。

3. 奇谐波函数的傅里叶级数展开式中不含_____分量和_____谐波，只含_____谐波。

4. 已知 $u = (4 + 100\sqrt{2}\sin\omega t + 40\sqrt{2}\sin2\omega t)V$，则第一项称为 u 的_____分量，第二项称为 u 的_____分量，第三项称为 u 的_____分量。

5. 已知 $i = [12\sqrt{2}\sin\omega t + 5\sqrt{2}\sin(3\omega t + 23.5°)]mA$，则 $I =$_____。

6. 已知 $u = [10 + 10\sqrt{2}\sin(\omega t - 35°) + 5\sqrt{2}\sin2\omega t]V$，则 $U =$_____。

7. 已知 30Ω 电阻通过非正弦电流 i 时消耗的有功功率为 $3000W$，则 $I =$_____。

二、选择题

1. 偶周期函数的傅里叶级数展开式中不含（　　）分量。

　A. 直流　　　　B. 正弦谐波　　　　C. 余弦谐波　　　　D. 奇次谐波

2. 已知一正弦电压 u_1 与一全波整流电压 u_2 的最大值相等，则 U_1（　　）U_2。

　A. 大于　　　　B. 等于　　　　C. 小于　　　　D. 无法确定

3. $u = [10\sqrt{2}\sin(\omega t - 35°) + 5\sqrt{2}\cos\omega t]V$ 是（　　）电压。

　A. 正弦　　　　B. 直流　　　　C. 非正弦周期　　　　D. 非周期变动

4. $u = [10\sqrt{2}\sin(\omega t - 35°) + 5\sqrt{2}\cos2\omega t]V$ 是（　　）电压。

　A. 正弦　　　　B. 直流　　　　C. 非正弦周期　　　　D. 非周期变动

5. $u = [10e^t\sin(\omega t - 35°) + 5\sqrt{2}\cos\omega t]V$ 是（　　）电压。

　A. 正弦　　　　B. 直流　　　　C. 非正弦周期　　　　D. 非周期变动

三、计算题

1. 已知电路中某支路在关联参考方向下电压、电流分别为

$$u = [20 + 10\sin100t - 50\cos(200t + 30°) + 10\sin(400t - 20°)]\text{V}$$

$$i = [0.1 + \cos(100t - 60°) + 0.2\cos(300t + 45°) + 0.1\cos(400t + 10°)]\text{A}$$

试求该支路的平均功率。

2. 已知一非正弦交流电流 $i = [10\sqrt{2}\sin\omega t + 3\sqrt{2}\sin(3\omega t + 30°)]\text{A}$，求当它通过 5Ω 线性电阻时消耗的功率 P。

3. 已知某无源单口网络的端口电压为正弦电压 $u = 94.2\sin(100t - 90°)\text{V}$，由于存在非线性元件，该网络的端口电流为非正弦周期量，$i = [1 + 1.57\sin(100t - 90°) - 0.67\sin200t - 0.13\sin400t]\text{A}$，若端口电压、电流取关联参考方向，试求电流 i 的有效值和此单口网络输入的平均功率。

5.4.2　非正弦周期性电流电路的分析计算

一、填空题

1. 已知 RL 串联电路的基波阻抗 $Z_1 = 6 + \text{j}3\Omega$，则它的三次谐波阻抗 $Z_3 =$ _____。

2. 已知 RC 串联电路的基波阻抗 $Z_1 = 3 - \text{j}2\Omega$，则它的二次谐波阻抗 $Z_2 =$ _____。

3. 已知对称三相非正弦交流电压中的 $u_A = [220\sqrt{2}\sin\omega t + 20\sqrt{2}\sin3\omega t + 5\sqrt{2}\sin(5\omega t - 23.5°)]\text{V}$，则 u_C 的三次谐波为 _____。

4. 对称三相非正弦电路中，线电压中不含 _____ 谐波。

5. 中线电流为 _____ 序谐波电流。

6. 对称三相非正弦周期电压源作 Y 形连接，且 $u_A = (220\sqrt{2}\sin\omega t + 20\sqrt{2}\sin3\omega t)\text{V}$，则线电压 $U_{AB} =$ _____。

二、选择题

1. 40Ω 的电阻和 $30\mu\text{F}$ 的电容串连接至电压为 $u = (10 + 220\sqrt{2}\sin\omega t)\text{V}$ 的电源上，稳定后电流的直流分量为（　　）。

　　A. 10A　　　　B. 4.4A　　　　　C. 0.25A　　　　　D. 0

2. 40Ω 的电阻和 300mH 的电感串连接至电压为 $u = (10 + 220\sqrt{2}\sin\omega t)\text{V}$ 的电源上，稳定后电流的直流分量为（　　）。

　　A. 10A　　　　B. 4.4A　　　　　C. 0.25A　　　　　D. 0

3. 非正弦电压 $u = (10 + 10\sqrt{2}\sin\omega t)\text{V}$ 加在 RC 串联电路上，已知 $R = 1/\omega C$，则电路稳定后 U_R（　　）U_C。

　　A. 大于　　　　B. 小于　　　　　C. 等于　　　　　D. 无法确定

4. 对称 Y-Y 三相非正弦交流电路的线电压一定没有（　　）谐波分量。

　　A. 一次　　　　B. 三次　　　　　C. 五次　　　　　D. 七次

5. 对称三相非正弦交流电路的中线电流一定没有（　　）谐波分量。

　　A. 一次　　　　B. 三次　　　　　C. 九次　　　　　D. 十五次

三、计算题

1. 如图 5-10 所示电路,已知 $R=20\Omega$, $\omega L_1=0.625\Omega$, $\omega L_2=5\Omega$, $\dfrac{1}{\omega C}=45\Omega$, $u_S(t)=$ $[100+276\sin\omega t+100\sin(3\omega t+40°)+50\sin(9\omega t-30°)]$V,求电流表、电压表的读数及电阻 R 消耗的平均功率。

2. 如图 5-11 所示电路,已知 $R=1\Omega$, $L=1$H, $C=1$F, $u_S=(2+10\sin 5t)$V, $i_S=4\sin 4t$A,求 i_L。

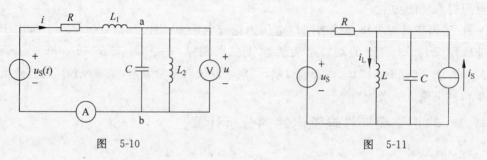

图 5-10   图 5-11

3. 如图 5-12 所示电路,已知 $R=6\Omega$, $\omega L=2\Omega$, $\dfrac{1}{\omega C}=18\Omega$, $u=[180\sin(\omega t-30°)+18\sin 3\omega t+9\sin(5\omega t+30°)]$V,求电压表 V、电流表 A、功率表 W 的读数。

4. 如图 5-13 所示电路,已知 $R=20\Omega$, $L_1=20$mH, $L_2=40$mH, $C=25\mu$F, $u_1=120\sqrt{2}\sin 1000t$V, $u_2=80$V,求电压表 V、电流表 A 的读数。

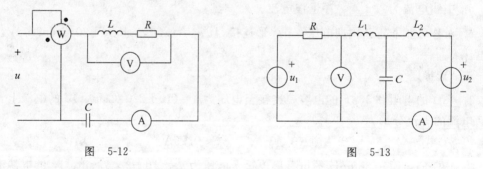

图 5-12   图 5-13

5.5 综合测试题

一、填空题

1. 一非正弦电流 $i=[3+12\sqrt{2}\sin(10t+68.2°)+4\sqrt{2}\sin(30t-15.1°)]$A,其有效值 $I=$ _____。

2. 已知 10Ω 电阻通过非正弦交流电流 i 时消耗的有功功率为 1000W,则该非正弦交流电流的有效值 $I=$ _____。

3. RC 串联电路的基波复阻抗为 $Z_1=(8-j6)\Omega$,其三次谐波复阻抗 $Z_3=$ _____。

4. 一非正弦电流的基波和三次谐波相量分别为 $\dot I_1=4$A, $\dot I_3=3\angle 90°$A,则此电流的有

效值 $I=$ _____,瞬时值解析式 $i=$ _____。

5. 直流分量单独作用于电路时,电容元件相当于 _____,电感元件相当于 _____。

6. 对称三相非正弦交流电压、电流中含奇次谐波,其中一、七、十三等次谐波为 _____ 对称量,三、九等次谐波为 _____ 对称量,五、十一等次谐波为 _____ 对称量。

7. 三相三线制电路的线电流中不含 _____ 谐波。

8. 中点电压为 _____ 序谐波电压。

9. 已知对称三非正弦交流电压中的 $u_A=[220\sqrt{2}\sin(\omega t+23.5°)+20\sqrt{2}\sin3\omega t+5\sqrt{2}\sin5\omega t]$V,则 u_B 的五次谐波为 _____。

10. 已知对称三非正弦交流电压中的 $u_B=[220\sqrt{2}\sin\omega t+20\sqrt{2}\sin3\omega t+5\sqrt{2}\sin(5\omega t+23.5°)]$V,则 u_A 的基波分量为 _____。

二、选择题

1. 某周期为 0.02s 的非正弦周期信号,分解成傅里叶级数时,角频率为 300πrad/s 的项称为( )。

　　A. 三次谐波分量　　　　　　　　B. 六次谐波分量

　　C. 基波分量　　　　　　　　　　D. 直流分量

2. 应用叠加原理分析非正弦周期电流电路的方法适用于( )。

　　A. 线性电路　　　　　　　　　　B. 非线性电路

　　C. 线性和非线性电路　　　　　　D. 稳态电路

3. 周期为 0.02s 的非正弦电流,其五次谐波频率 f_5 为( )。

　　A. 10Hz　　　　　B. 50Hz　　　　　C. 250Hz　　　　　D. 500Hz

4. 非正弦电流 $i=[10\sqrt{2}\sin\omega t+3\sqrt{2}\sin(3\omega t+30°)]$A 通过 5Ω 线性电阻时消耗的功率 P 为 _____。

　　A. 845W　　　　　B. 545W　　　　　C. 325W　　　　　D. 125W

5. 非正弦电压 $u=(10+10\sqrt{2}\sin\omega t)$V 加在 RL 串联电路上,已知 $R=\omega L$,则电路稳定后 $U_R($) U_L。

　　A. 大于　　　　　B. 小于　　　　　C. 等于　　　　　D. 无法确定

三、判断题

1. 非正弦电流 $i=[10\sqrt{2}\sin100\pi t+3\sqrt{2}\sin(300\pi t+30°)]$A 的周期为 0.02s。( )

2. 非正弦交流稳态电路中某支路的电压、电流有效值均不为零,则其有功功率一定不为零。( )

3. RC 串联的非正弦稳态电路,电流的直流分量一定为零。( )

4. 对称三相非正弦电路的线电压有效值一定等于相电压的 $\sqrt{3}$ 倍。( )

5. Y-Y 对称三相非正弦电路的中点电压一定为零。( )

四、计算题

1. RL 串联电路,已知 $R=40Ω,\omega L=30Ω$,通过非正弦电流 $i=(1+2\sin\omega t)$A,求在关联参考方向下,此电路的端电压。

2. RC 串联电路,已知 $R=40\Omega$,$\dfrac{1}{\omega C}=30\Omega$,接到 $u=(10+200\sin\omega t)$V 的非正弦电压源上,求在关联参考方向下,此电路的电流。

3. 已知一无源二端网络在关联参考方向下的端电压、端电流分别为

$$u=[10+100\sqrt{2}\sin(100\pi t+20°)+20\sqrt{2}\sin(300\pi t+30°)]\text{V}$$

$$i=[2+5\sqrt{2}\sin(100\pi t-40°)]\text{A}$$

求该网络吸收的平均功率。

4. 一对称三相四线制电路,已知 A 相电源相电压为 $u_A=(100\sqrt{2}\sin\omega t+50\sqrt{2}\sin3\omega t)$V,若每相负载为纯电阻 $R=10\Omega$,中线阻抗为零,试求:(1)线电流和中线电流的有效值;(2)中线断开时的线电流及中点电压的有效值。

5.6　习题答案

5.4.1 非正弦周期量的有效值、功率

一、填空题

1. 直流

2. 直流;余弦谐波

3. 直流;偶次;奇次

4. 直流;基波;二次谐波

5. 13mA

6. 15V

7. 10A

二、选择题

1. B　2. B　3. A　4. C　5. D

三、计算题

1. 45.05W

2. 545W

3. $I=1.57$A;$P=73.95$W

5.4.2 非正弦周期性电流电路的分析计算

一、填空题

1. $6+\text{j}9\Omega$

2. $3-\text{j}\Omega$

3. $20\sqrt{2}\sin3\omega t$ V

4. 零序

5. 零

6. 380V

二、选择题

1．D　2．C　3．B　4．B　5．A

三、计算题

1．10.7A；88.57V；2292.3W

2．$i_L = [2 + 0.41\sin(5t - 168.2°) + 0.256\sin(4t - 165.1°)]$A

3．7.78A；51.1V；363.3W

4．114.2V；5A

5.5 综合测试题

一、填空题

1．13A

2．10A

3．$(8 - j2)\Omega$

4．5A；$i = [4\sqrt{2}\sin\omega t + 3\sqrt{2}\sin(3\omega t + 90°)]$A

5．开路；短路

6．正序；零序；负序

7．零序

8．零

9．$5\sqrt{2}\sin(5\omega t + 120°)$V

10．$220\sqrt{2}\sin(\omega t + 120°)$V

二、选择题

1．A　2．A　3．C　4．B　5．A

三、判断题

1．$\sqrt{}$

2．$\times$

3．$\sqrt{}$

4．$\times$

5．$\times$

四、计算题

1．$u = [40 + 100\sin(\omega t + 36.9°)]$V

2．$i = 4\sin(\omega t + 36.9°)$A

3．$P = 270$W

4．(1) $I_1 = 11.18$A；$I_N = 15$A

　　(2) 10A；$u_{N'N} = 50\sqrt{2}\sin 3\omega t$V

第 **6** 章

动态电路的分析

6.1 教学目的和要求

（1）理解换路定则，并能熟练计算动态电路的初始值。

（2）了解一阶电路的零输入响应和零状态响应。

（3）了解一阶电路的全响应及其分解。

（4）理解一阶电路的三要素法，并能熟练应用三要素法分析一阶电路。

6.2 教学内容和要点

6.2.1 换路定则

（1）定则：在电路换路后的瞬间，电感元件上通过的电流 i_L 和电容元件的极间电压 u_C 都不能跃变，即

$$u_C(0_+) = u_C(0_-)$$

$$i_L(0_+) = i_L(0_-)$$

（2）初始值计算。

① 独立初始值 $u_C(0_+)$ 和 $i_L(0_+)$ 按换路定则确定。

② 根据动态元件初始值的情况画出 $t=0_+$ 时刻的等效电路图：当 $i_L(0_+)=0$ 时，电感元件在图中相当于开路；若 $i_L(0_+)\neq 0$ 时，电感元件在图中用数值等于 $i_L(0_+)$ 的恒流源代替；当 $u_C(0_+)=0$ 时，电容元件在图中相当于短路；若 $u_C(0_+)\neq 0$ 时，则电容元件在图中用数值等于 $u_C(0_+)$ 的恒压源代替。

根据 $t=0_+$ 时的等效电路图，求出各待求响应的初始值。

6.2.2 一阶电路

（1）一阶电路：可用一阶微分方程描述的电路称为一阶电路，包括有 RL 和 RC 电路。其中 L 和 C 称为储能元件或动态元件。

零输入响应：仅由储能元件初始储能所引起的电路响应称为零输入响应。

零状态响应：仅在外施激励下所引起的电路响应称为零状态响应。

一阶电路的全响应：初始储能及外施激励共同产生的响应。

时间常数 τ：反映了暂态过程进行的快慢程度。动态元件为 L 时，$\tau=L/R$；动态元件为 C 时，$\tau=RC$。τ 在数值上等于响应经历了总变化的 63.2% 所需用的时间，讨论中一般认为，暂态过程经过 $3\sim5\tau$ 的时间就基本结束了。

（2）电路响应求解中需要注意的问题如下。

在介绍了初始值求解方法的基础上，本章对一阶电路的零输入响应、零状态响应及全响应进行经典分析，对零输入响应而言，不需求解响应的稳态值，只要求出响应的初始值和时间常数即可；对零状态响应而言，只需求出响应的稳态值和时间常数即可；在电路全响应时，一般有下面两种分析方法。

① 全响应＝零状态响应＋零输入响应；

② 全响应＝稳态分量＋暂态分量。

根据题目要求的不同及侧重点的不同，可以从上述两种求解方法中选择合适的方法进行动态电路全响应的分析，在分析中应牢固掌握一阶电路响应的指数规律。

6.2.3　分析一阶电路的三要素法

直流激励时的全响应：

$$f(t) = f(\infty) + [f(0_+) - f(\infty)]e^{-\frac{t}{\tau}}$$

式中，$f(\infty)$ 为换路后的稳态分量，$f(0_+)$ 为初始值，τ 为时间常数，合称三要素。

注意：动态元件状态变量的初始值求解，应根据换路前一瞬间的电路进行；其他响应的初始值求解，则要根据换路后一瞬间的等效电路进行；响应稳态值的求解，要根据换路后重新达到稳态时的等效电路进行；时间常数的求解，要在稳态时的电路基础上除源，然后将动态元件断开后求出其无源二端网络的入端电阻 R，代入时间常数的计算公式中。在求解三要素的过程中，注意各种情况下等效电路的正确性是解题的关键。

正弦激励时的全响应：

$$f(t) = f_\infty(t) + [f(0_+) - f_\infty(0_+)]e^{-\frac{t}{\tau}}$$

式中，$f_\infty(t)$ 为稳态分量，其初始值为 $f_\infty(0_+)$；$f(0_+)$ 为全响应的初始值；τ 为时间常数。

6.3　典型例题分析与解答

例 6-1　如图 6-1(a) 所示电路中，直流电压源 $U_S=100\text{V}$，$R_1=5\Omega$，$R_2=15\Omega$，$R_3=10\Omega$，电路原已达到稳态。在 $t=0$ 时，断开开关 S，试求 $t=0_+$ 时 i_L、u_C、u_{R2}、u_{R3}、i_C、u_L。

解　（1）确定独立初始值 $u_C(0_+)$、$i_L(0_+)$。

因为电路换路前已达稳态，所以电感元件做短路处理，电容元件做开路处理，$i_C(0_-)=0$，故有

$$i_L(0_-) = \frac{U_S}{R_1+R_2} = \frac{100}{5+15} = 5\text{A}$$

$$u_C(0_-) = R_2 i_L(0_-) = 5 \times 15 = 75\text{V}$$

由换路定则得

$$i_L(0_+) = i_L(0_-) = 5\text{A}$$
$$u_C(0_+) = u_C(0_-) = 75\text{V}$$

（2）计算相关初始值。

将图 6-1(a) 中的电容 C 及电感 L 分别用等效电压源 $u_C(0_+)$ 及等效电流源 $i_L(0_+)$ 代替，则得 $t=0_+$ 时刻的等效电路图如图 6-1(b) 所示，从而可算出相关初始值，即

$$u_{R_2}(0_+) = R_2 i_L(0_+) = 15 \times 5 = 75\text{V}$$

$$i_C(0_+) = -i_L(0_+) = -5\text{A}$$

$$u_{R_3}(0_+) = R_3 i_C(0_+) = 10 \times (-5) = -50\text{V}$$

$$u_L(0_+) = -u_{R_2}(0_+) + u_{R_3}(0_+) + u_C(0_+) = [-75 + (-50) + 75] = -50\text{V}$$

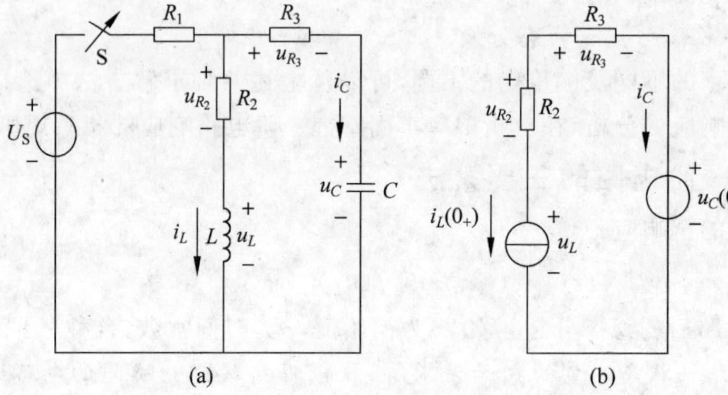

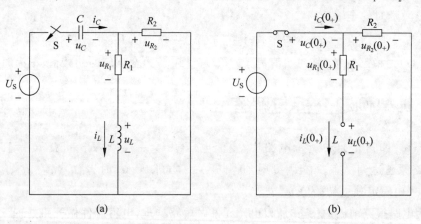

图 6-1 例 6-1 图

例 6-2 如图 6-2(a) 所示，直流电压源 $U_S = 20\text{V}$，$R_1 = 20\Omega$，$R_2 = 10\Omega$，$L = 0.1\text{H}$，$C = 1\mu\text{F}$，电路原已达到稳态。在 $t=0$ 时，闭合开关 S，试求 $t=0_+$ 时 i_L、u_C、u_{R_1}、u_{R_2}、i_C、u_L。

图 6-2 例 6-2 图

解 （1）确定独立初始值 $u_C(0_+)$、$i_L(0_+)$。

因为电路换路前已达稳态，且开关处于断开状态，由换路定则可得

$$i_L(0_+) = i_L(0_-) = 0 \quad \text{（相当于开路）}$$

$$u_C(0_+) = u_C(0_-) = 0 \quad (\text{相当于短路})$$

（2）计算相关初始值。

画出 $t=0_+$ 时刻的等效电路图如图 6-1(b)所示，从而可算出相关初始值，即

$$u_L(0_+) = u_{R_2}(0_+) = 20\text{V}$$

$$u_{R_1}(0_+) = 0$$

$$i_C(0_+) = \frac{20}{10} = 2\text{A}$$

例 6-3 一组 $C=40\mu\text{F}$ 的电容器从高压电路断开，断开时电容器电压 $U_0=5.77\text{kV}$，断开后，电容器经它本身的漏电阻放电。如电容器的漏电阻 $R=100\text{M}\Omega$，问断开后经过多长时间，电容器的电压衰减为 1kV？并画出 u_C 的波形图。

解 电路为零输入响应，所以有

$$\tau = RC = 100 \times 10^6 \times 40 \times 10^{-6} = 4000\text{s}$$

$$u_C = U_0 e^{-\frac{t}{\tau}} = 5.77 e^{-\frac{t}{4000}}\text{kV}$$

将 $u_C=1\text{kV}$ 代入，得

$$T = 4000\ln 5.77 = 7011\text{s}$$

u_C 的波形图如图 6-3 所示。

例 6-4 图 6-4(a)所示电路中，已知 $U_S=150\text{V}$，$R_1=R_2=R_3=100\Omega$，$L=0.1\text{H}$，设开关在 $t=0$ 时接通，电感电流初始值为零，求电流 i_2，并画出其波形图。

解 电路为零状态响应，对换路后的电路求电感支路两端的戴维南等效电路，如图 6-4(b)所示。其中

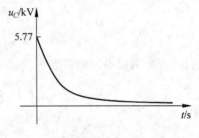

图 6-3　例 6-3 图

$$R_0 = \frac{R_1 R_3}{R_1 + R_3} = \frac{1}{2}R_1 = \frac{1}{2} \times 100 = 50\Omega$$

$$U_{OC} = \frac{U_S}{R_1 + R_3}R_3 = \frac{1}{2}U_S = \frac{1}{2} \times 150 = 75\text{V}$$

$$\tau = \frac{L}{R_0 + R_2} = \frac{0.1}{50 + 100} = \frac{1}{1500}\text{s}$$

于是，得电路响应为

$$i_2 = \frac{U_{OC}}{R_0 + R_2}(1 - e^{-\frac{t}{\tau}}) = \frac{75}{50 + 100}(1 - e^{-1500t}) = 0.5(1 - e^{-1500t})\text{A}$$

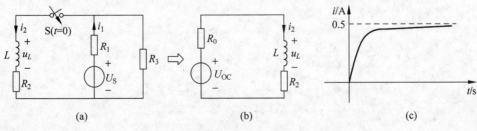

（a）　　　　　　　　（b）　　　　　　　　（c）

图 6-4　例 6-4 图

其波形图如图 6-4(c)所示。

例 6-5 图 6-5(a)所示电路在换路前已达稳态,试求开关 S 断开后开关两端的电压 $u_S(t)$。

解 根据换路前的电路及换路定律可求出动态元件响应的初始值为

$$i_L(0_+) = i_L(0_-) = I_S, \quad u_C(0_+) = u_C(0_-) = 0$$

画出 $t=0_+$ 的等效电路如图 6-5(b)所示,求得

$$u_S(0_+) = i_L(0_+)R_2 = I_S R_2$$

$R_2 L$ 构成一阶电路部分,时间常数为

$$\tau_1 = \frac{L}{R_2}$$

u_S 在这部分只存在暂态响应,且为

$$u_S'(t) = I_S R_2 e^{-\frac{R_2}{L}t}$$

开关左半部分只存在零状态响应而不存在零输入响应,如图 6-5(c)所示,因此只需对电路求出其稳态值与时间常数 τ_2,即

$$u_S(\infty) = I_S R_1$$

$$\tau_2 = R_1 C$$

$$u_S''(t) = I_S R_1 (1 - e^{-\frac{t}{R_1}})$$

所以,开关两端电压响应为

$$u_S(t) = u_S'(t) + u_S''(t) = I_S R_2 e^{-\frac{R_2 t}{L}} + I_S R_1 (1 - e^{-\frac{t}{R_1}}) \text{V}$$

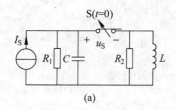 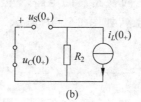 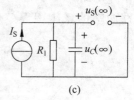

图 6-5 例 6-5 图

例 6-6 如图 6-6 所示,电路已达稳定,$t=0$ 时开关断开,求断开开关后的电流。

解

$$i(0_+) = i(0_-) = \frac{24}{4} = 6\text{A}$$

$$i(\infty) = \frac{24}{8+4} = 2\text{A}$$

$$\tau = \frac{L}{R} = \frac{0.6}{8+4} = 0.05\text{s}$$

$$i(t) = i(\infty) + [i(0_+) - i(\infty)]e^{-\frac{t}{\tau}} = 2 + (6-2)e^{-\frac{t}{0.05}}$$

$$= (2 + 4e^{-20t})\text{A} \quad (t \geqslant 0)$$

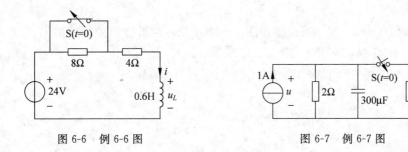

图 6-6　例 6-6 图　　　　　　　图 6-7　例 6-7 图

例 6-7　电路如图 6-7 所示，$t<0$ 时开断开已久，在 $t=0$ 时开关闭合，求 $u(t)$。

解

$$u(0_+) = u(0_-) = 2 \times 1 = 2\text{V}$$

$$u(\infty) = \left(\frac{1}{1+2}\right) \times 1 \times 2 = \frac{2}{3}\text{V}$$

$$\tau = RC = \frac{1}{1+2} \times 300 \times 10^{-6} = 2 \times 10^{-4}\text{s}$$

$$u(t) = u(\infty) + [u(0_+) - u(\infty)]e^{-\frac{t}{\tau}} = \frac{2}{3} + \left(2 - \frac{2}{3}\right)e^{-\frac{t}{2 \times 10^{-4}}}$$

$$= \left(\frac{2}{3} + \frac{4}{3}e^{-5000t}\right)\text{V} \quad (t \geqslant 0)$$

例 6-8　图 6-8(a)所示电路中，$t=0$ 时开关由 1 投向 2，设换路前电路已处于稳态，求电流 i 和 i_L。

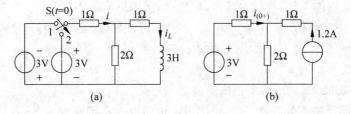

(a)　　　　　　　　　　(b)

图 6-8　例 6-8 图

解　先求电感中电流。

$$i_L(0_+) = i_L(0_-) = -\frac{3}{1+\frac{1 \times 2}{1+2}} \times \frac{2}{1+2} = -1.2\text{A}$$

$$i_L(\infty) = \frac{3}{1+\frac{1 \times 2}{1+2}} \times \frac{2}{2+1} = 1.2\text{A}$$

$$\tau = \frac{L}{R} = \frac{3}{1+\frac{1 \times 2}{1+2}} = 1.8\text{s}$$

$$i_L(t) = i_L(\infty) + [i_L(0_+) - i_L(\infty)]e^{-\frac{t}{\tau}} = 1.2 + (-1.2 - 1.2)e^{-\frac{t}{\tau}}$$

$$= (1.2 - 2.4e^{-0.56t})\text{A} \quad (t \geqslant 0)$$

下面求电流 i。

换路后瞬间($t=0_+$)的等效电路如图 6-8(b)所示,可求得相关初始值 $i(0_+)$。列 0_+ 电路左边网孔 KVL 方程

$$3 = 1 \times i(0_+) + 2 \times [i(0_+) + 1.2]$$

得

$$i(0_+) = 0.2\text{A}$$

$$i(\infty) = \frac{3}{1 + \frac{1 \times 2}{1+2}} = 1.8\text{A}$$

所以,响应为

$$i(t) = i(\infty) + [i(0_+) - i(\infty)]e^{-\frac{t}{\tau}} = 1.8 + (0.2 - 1.8)e^{-\frac{t}{\tau}}$$
$$= (1.8 - 1.6e^{-0.56t})\text{A} \quad (t \geqslant 0)$$

6.4 习题训练与练习

6.4.1 换路定则

一、填空题

1. 含有储能元件的电路,称为_____电路。

2. _____态是指从一种_____态过渡到另一种_____态所经历的过程。

3. 换路定律指出:在电路发生换路后的一瞬间,_____元件上通过的电流和_____元件上的端电压,都应保持换路前一瞬间的原有值不变。

4. 把电路中支路的_____和_____、元件参数的改变等,称为换路。

5. 只含有一个_____的电路,称为一阶电路。

二、选择题

1. 在换路瞬间,下列说法中正确的是( )。

  A. 电感电流不能跃变   B. 电感电压必然跃变

  C. 电容电流必然跃变

2. 暂态过程产生的原因是因为电路( )。

  A. 发生换路   B. 有储能元件

  C. 既要发生换路还必须有储能元件

3. 一阶电路是指( )。

  A. 不含储能元件的电路   B. 经简化后只含一个储能元件的电路

  C. 经简化后含任意个储能元件的电路

4. 计算初始值时( )。

  A. 先求独立初始值   B. 先求相关初始值

  C. 都不对

5. 在绘制 $t=0_+$ 时刻的等效电路时,若 $u_C(0_+)=0$ 或 $i_L(0_+)=0$,则( )。

  A. 应将电容视为开路   B. 应将电容视为短路

C. 应将电感视为短路

三、计算题

1. 如图 6-9 所示电路中,$U_S=2V$,$R_2=1\Omega$。开关 S 合上前电容电压为 0。试求电容电流的初始值。

2. 如图 6-10 所示电路中,$U_S=12V$,$R_1=4\Omega$,$R=8\Omega$。电路原先已达稳态,试求 $i_L(0_+)$ 和 $u_L(0_+)$。

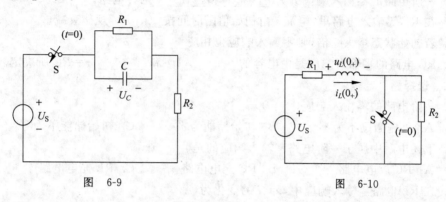

图 6-9   图 6-10

3. 如图 6-11 所示电路中,直流电压源的电压 $U_S=24V$,$R_1=R_2=6\Omega$,$R_3=12\Omega$。电路原先已达稳态,在 $t=0$ 时合上开关 S。试求 $u_C(0_+)$,$i_L(0_+)$,$i_2(0_+)$,$i_S(0_+)$,$i_C(0_+)$,$u_L(0_+)$。

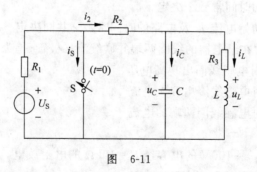

图 6-11

4. 图 6-12 所示电路中,$U_S=12V$,$R_1=4\Omega$,$R_2=8\Omega$,S 打开前电路处于稳态。$t=0$ 时 S 打开,求 $i_L(0_+)$ 及 $u_L(0_+)$。

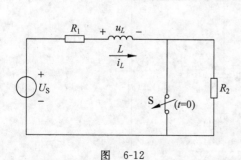 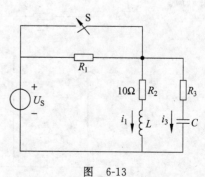

图 6-12   图 6-13

5. 图 6-13 所示电路中，$U_S = 100V$，$R_1 = 10\Omega$，$R_2 = R_3 = 20\Omega$，S 闭合前电路处于稳态。$t = 0$ 时 S 闭合，求 $i_1(0_+)$ 及 $i_3(0_+)$。

6.4.2 零输入响应

一、填空题

1. 外加激励为零，仅由动态元件的初始储能引起的电流或电压，叫做_____响应。

2. 一阶电路的零输入响应分为_____和_____两种电路。

3. 在 RC 零输入电路里，电流 i 由初始值随时间按_____规律衰减。

4. 若初始状态增大 α 倍，则零输入响应也相应_____ α 倍。

5. RC 电路的零输入响应是由电容的_____ U_0 和_____ $\tau = RC$ 所决定。

二、选择题

1. 一阶电路的零输入响应（　　）。

　　A. 外施激励不为零　　　　B. 初始储能为零　　　　C. 初始储能不为零

2. 下述电路中属于一阶电路零输入响应的是（　　）。

　　A. RC 放电电路　　　　B. RC 充电电路　　　　C. RL 充电电路

3. 在 RL 电路零输入响应中，u_R、i 的变化为（　　）。

　　A. 都按指数规律增加　　　B. 都按指数规律衰减　　C. u_R 增大，i 衰减

4. RL 电路的零输入响应是由以下因素决定的。（　　）

　　A. 仅由电感的初始电流 I_0 决定

　　B. 仅由电路的时间常数 τ 决定

　　C. 由电感的初始电流 I_0 及电路的时间常数 τ 共同决定

5. 实际电路中，常在继电器的线圈两端并联续流二极管，是为了（　　）。

　　A. 防止换路时电感线圈出现高电压

　　B. 防止换路时电感线圈出现大电流

　　C. 增大换路时电感线圈两端的电流

三、计算题

1. $C = 2\mu F$、$u_C(0_-) = 100V$ 的电容经 $R = 10k\Omega$ 的电阻放电。试求：(1)放电电流的最大值；(2)经过 20ms 时的电容电压和电流。

2. 如图 6-14 所示，$t = 0$ 时刻开关 S 闭合，换路前电路处于稳态。试求 $t \geqslant 0$ 时 $i_C(t)$ 和 $i(t)$。

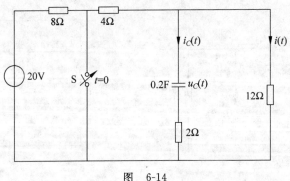

图 6-14

3. 一个储能的电感线圈被短接后，经过 1s 时间电感电路衰减到初始值的 36.8%；如果用 10Ω 电阻串联短接时，则经过 0.5s 时间电感电流才衰减到初始值的 36.8%。问线圈的电阻 R 和电感 L 值是多少？

6.4.3　零状态响应

一、填空题

1. 一个零初始状态的电路，在换路后只受电源（激励）的作用而产生的电流或电压（响应），叫做_____。

2. 零状态响应时，$i_L(0_+) =$_____。

3. RC 串联电路充电过程的快慢由 RC 控制，RC 越大，充电过程_____。

4. 在一阶电路的零状态响应方程中，其一个特解与外施激励有关，称为强制分量，当激励为直流量时，称为_____。

5. 外施激励增大 k 倍，则其零状态响应也增大_____。

二、选择题

1. 一阶电路的零状态响应（　　）。

　　A. 仅有 RC 电路　　　　　　B. 仅有 RL 电路

　　C. 包括 RC 和 RL 两类电路

2. 对未带电量的电容进行充电的 RC 电路中，当其电压为 $0.632U_s$ 时，经过的时间为（　　）。

　　A. τ　　　　　　　　　　B. 2τ　　　　　　　　　　C. 3τ

3. 由于电路中有电阻，充电时，不论电阻、电容量值如何，充电效率为（　　）。

　　A. 30%　　　　　　　　　　B. 50%　　　　　　　　　　C. 80%

4. RL 电路的零状态响应中电感电流的变化是（　　）。

　　A. 电流由初始值随时间呈指数增长，最后趋于稳态值

　　B. 电流由初始值随时间呈线性增长，最后趋于稳态值

　　C. 电流由初始值随时间呈线性增长。

5. 在 RC 电路中，电容原来不带电，现对其进行充电，其电流在以下时间为最大。（　　）

　　A. $t=0$ 时　　　　　　　　B. $t=\tau$ 时　　　　　　　　C. $t=5\tau$ 时

三、计算题

1. 如图 6-15 所示，一发电机的励磁线圈 $R=2\Omega$，$L=0.1\text{mH}$，接于 12V 直流电源稳定运行。现要断开电源，问线圈两端出现不超过 10 倍的工作电压，应接入灭磁电阻 R_f 的数值是多少？

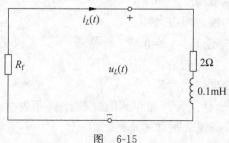

图　6-15

2. 如图 6-16 所示,R 和 L 是直流电磁铁线圈的电阻和电感,$R=3\Omega$,$L=2\mathrm{H}$。现选择放电电阻 R_f 的数值,要求开关 S 断开时电感线圈两端的瞬时电压不超过正常工作电压 U 的 5 倍,且放电过程在 1s 内基本结束。

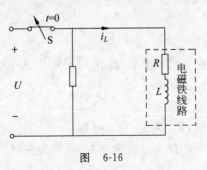

图 6-16

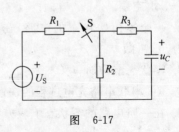

图 6-17

3. 电路如图 6-17 所示,$U_S=20\mathrm{V}$,$R_1=100\Omega$,$R_2=300\Omega$,$R_3=25\Omega$,$C=0.05\mathrm{F}$,电容未充过电,$t=0$ 时开关 S 闭合,求 $u_C(t)$。

6.4.4 全响应

一、填空题

1. 当电路中既有外加激励的作用,又存在非零的初始储能,所引起的响应叫做_____。

2. 一阶电路的全响应可以分解为_____响应和_____响应。

3. 一阶电路的全响应又可用_____分量和_____分量之和来表示。

4. 在直流电路里,电路稳定时电容相当于_____。

5. 在 RL 电路中,$\tau=$_____。

二、选择题

1. 在一阶电路中以下为全响应的是(   )。

    A. 电感元件 $i_L(0_+)=0$

    B. RC 放电电路

    C. $u_C(0_+)=2\mathrm{V}$,$U_S=10\mathrm{V}$ 的 RC 串联闭合电路

2. RC 串联电路中,已知 $R=10\mathrm{k}\Omega$,$C=3\mu\mathrm{F}$,则其时间常数 τ 为(   )。

    A. 10ms   B. 30ms   C. 60ms

3. 电路的全响应,可以分解为(   )。

    A. 零输入响应和稳态响应之和

    B. 暂态响应和稳态响应之和

    C. 零状态响应和稳态响应之和

4. 如果电路中存在储能元件,对电路进行换路,下列说法正确的是(   )。

    A. 电路一定发生过渡过程

    B. 电路一定不发生过渡过程

    C. 如果换路前后,储能元件储存的能量不变,将不发生过渡过程

5. 在过渡过程中,下列说法正确的是(   )。

A. u_L 只有暂态分量

B. u_L 只有稳态分量

C. u_L 既有暂态分量又有稳态分量

三、计算题

如图 6-18 所示,$U_S = 12V$,$R = 25k\Omega$,$C = 10\mu F$,$u_C(0_-) = 5V$,$t = 0$ 时开关闭合。试求:(1)u_C 的稳态分量、暂态分量;(2)u_C 的零输入响应、零状态响应及全响应,并定性地画出它们的波形。

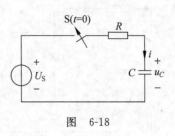

图 6-18

6.4.5 一阶电路的三要素法

一、填空题

1. 一阶电路的三要素是指_____、_____、_____。

2. 在直流电路里,电路稳定时电感相当于_____。

3. 在 RC 电路中 $\tau = $_____;RL 电路中 $\tau = $_____。

4. 三要素法只适用于_____电路。

5. 三要素公式为_____。

二、选择题

1. 三要素法可以( )。

A. 求任何电路的稳态值　　　　B. 求任何电路中的电压、电流

C. 只能求一阶电路的电压、电流响应

2. 三要素法只能计算一阶电路的( )。

A. 零输入响应　　　　　　　　B. 全响应

C. 任何响应都可计算

3. 在 RL 电路中,$\tau = L/R$,此处的 R 是指( )。

A. 与 L 串联的一个电阻　　　　B. 与 R 并联的一个电阻

C. 除去 L 后得到的线性有源二端网络的等效电阻

4. 时间常数 τ,反映的是( )。

A. 过渡过程持续时间的长短　　　B. 换路前稳定状态保持的时间

C. 换路后稳定状态保持的时间

5. 求 $f(\infty)$ 时,画出其稳态电路,这时( )。

A. 电感做开路处理　　　　　　B. 电容做短路处理

C. 都不对

三、计算题

1. 试求图 6-19 所示电路换路后的时间常数。

2. 如图 6-20 所示各电路中,若 $u_C(0_+) = 5V$,$U_S = 20V$,$R_1 = 100\Omega$,$R_2 = 300\Omega$,$R_3 = 25\Omega$,$C = 0.05F$,$t = 0$ 时开关 S 闭合,用三要素法求 $u_C(t)$、$i_1(t)$。

3. 如图 6-21 所示,各电路已达稳定,$t = 0$ 时断开开关 S,试用三要素法求电流源的电压 $u(t)$。

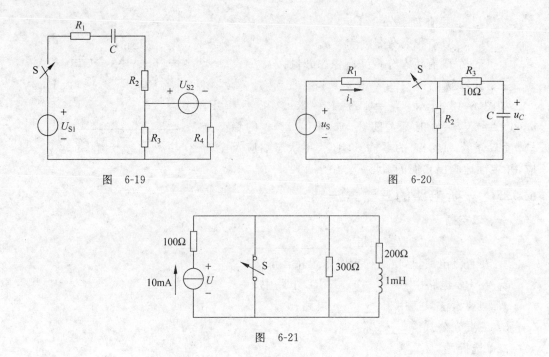

图　6-19   图　6-20

图　6-21

4. 电压为 100V 的电容 C 对电阻 R 放电,经过 5s,电容的电压为 40V。试问再经过 5s 电容的电压为多少? 如果 $C=100\mu F$,R 为多少?

5. 图 6-22 所示电路中,直流电压源的电压 $U_S=8V$,直流电流源的电流 $I_S=2A$,$R=2\Omega$,$L=4H$。在换路前开关 S 接通到位置 1,且已达稳态;$t=0$ 时将 S 接通到位置 2。试求 $i(t)$ 和 $u(t)$。

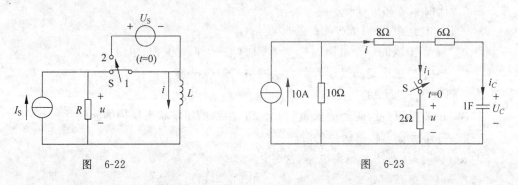

图　6-22   图　6-23

6. 如图 6-23 所示电路,$t=0$ 时刻开关 S 闭合,换路前电路处于稳态。试求 $t \geqslant 0$ 时 $u_C(t)$,$u(t)$,$i(t)$ 和 $i_1(t)$、$i_C(t)$。

6.5　综合测试题

一、填空题

1. 换路定律的数学表达式为_____、_____。

2. 初始值有_____初始值和_____初始值。

3. 在零输入响应中，外施激励为_____。

4. 由时间常数公式可知，RC一阶电路中，C一定时，R值越大过渡过程进行的时间就越_____；RL一阶电路中，L一定时，R值越大过渡过程进行的时间就越_____。

5. 在零状态响应中，换路前储能元件储存的能量为_____。

6. 稳态值$f(\infty)$、初始值_____、时间常数_____，称为一阶电路的三要素。

二、判断题

1. 换路定律指出：电容两端的电压是不能发生跃变的，只能连续变化。（　　）

2. 一阶电路的全响应，等于其稳态分量和暂态分量之和。（　　）

3. 一阶电路中所有的初始值，都要根据换路定律进行求解。（　　）

4. RL一阶电路的零状态响应，u_L按指数规律上升，i_L按指数规律衰减。（　　）

5. RC一阶电路的零状态响应，u_C按指数规律上升，i_C按指数规律衰减。（　　）

三、选择题

1. 动态元件的初始储能在电路中产生的零输入响应中（　　）。

　　A. 仅有稳态分量　　　　　　　　B. 仅有暂态分量

　　C. 既有稳态分量，又有暂态分量

2. 在换路瞬间，下列说法中正确的是（　　）。

　　A. 电感电流不能跃变　　　　　　B. 电感电压必然跃变

　　C. 电容电流必然跃变

3. 工程上认为$R=25\Omega$、$L=50\text{mH}$的串联电路中发生暂态过程时将持续（　　）。

　　A. 30～50ms　　　　　　　　　　B. 37.5～62.5ms

　　C. 6～10ms

4. 图6-24换路前已达稳态，在$t=0$时断开开关S，则该电路（　　）。

　　A. 电路有储能元件L，要产生过渡过程

　　B. 电路有储能元件且发生换路，要产生过渡过程

　　C. 因为换路时元件L的电流储能不发生变化，所以该电路不产生过渡过程

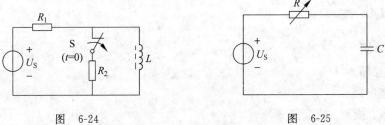

图 6-24　　　　　　　　　　　　　　　　图 6-25

5. 图6-25所示电路已达稳态，现增大R值，则该电路（　　）。

　　A. 因为发生换路，要产生过渡过程

　　B. 因为电容C的储能值没有变，所以不产生过渡过程

　　C. 因为有储能元件且发生换路，要产生过渡过程

6. 图 6-26 所示电路，在开关 S 断开之前电路已达稳态，若在 $t=0$ 时将开关 S 断开，则电路中 L 上通过的电流 $i_L(0_+)$ 为（   ）。

    A. 2A   B. 0A   C. −2A

7. 图 6-26 所示电路，在开关 S 断开瞬间，电容 C 两端的电压为（   ）。

    A. 10V   B. 0V   C. 按指数规律增加

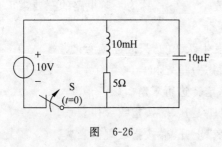
图 6-26

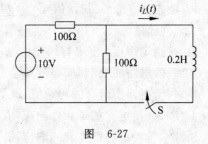
图 6-27

四、计算题

1. 电路如图 6-27 所示，开关 S 在 $t=0$ 时闭合，则 $i_L(0_+)$ 为多大？

2. 求图 6-28 所示电路中开关 S 在"1"和"2"位置时的时间常数。

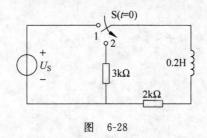
图 6-28

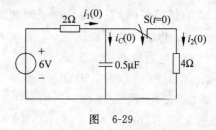
图 6-29

3. 图 6-29 所示电路换路前已达稳态，在 $t=0$ 时将开关 S 断开，试求换路瞬间各支路电流及储能元件上的电压初始值。

4. 求图 6-29 所示电路中各支路电流及储能元件上的电压的全响应。

6.6　习题答案

6.4.1 换路定则

一、填空题

1. 动态电路

2. 暂态；稳态；稳态

3. 电感；电容

4. 接通；断开

5. 储能元件

二、选择题

1. A　2. C　3. B　4. A　5. B

三、计算题

1. 2A

2. 1A；8V

3. 12V；1A；−2A；6A；3A；0

4. 3A；−24V

5. 10/3A；5/3A

6.4.2 零输入响应

一、填空题

1. 零输入

2. RC 和 RL

3. 指数

4. 增大

5. 电压初始值；时间常数

二、选择题

1. C　2. A　3. B　4. C　5. A

三、计算题

1. (1) 10mA　(2) 36.79V；3.679mA

2. $-2e^{-t}$；$0.5e^{-t}$

3. 10Ω；10H

6.4.3 零状态响应

一、填空题

1. 零状态响应

2. 0

3. 越长

4. 稳态分量

5. k 倍

二、选择题

1. C　2. A　3. B　4. A　5. A

三、计算题

1. $R_f \leqslant 20\Omega$

2. $7\Omega \leqslant R_f \leqslant 15\Omega$

3. $15(1-e^{-0.2t})$V

6.4.4 全响应

一、填空题

1. 全响应

2. 零输入；零状态

3. 暂态；稳态

4. 开路

5. $\tau=\dfrac{L}{R}$

二、选择题

1. C   2. B   3. B   4. C   5. A

三、计算题

(1) 稳态分量为 12V；暂态分量为 $-7\mathrm{e}^{-4t}\mathrm{V}$

(2) 零输入响应为 $5\mathrm{e}^{-4t}\mathrm{V}$；零状态响应为 $12(1-\mathrm{e}^{-4t})\mathrm{V}$；全响应为 $(12-7\mathrm{e}^{-4t})\mathrm{V}$

6.4.5 一阶电路的三要素法

一、填空题

1. 初始值；稳态值；时间常数

2. 短路

3. $\tau=RC$；$\tau=\dfrac{L}{R}$

4. 一阶

5. $f(t)=f(\infty)+[f(0_+)-f(\infty)]\mathrm{e}^{-\frac{t}{\tau}}$

二、选择题

1. C   2. C   3. C   4. A   5. C

三、计算题

1. $\tau=C\left(R_1+R_2+\dfrac{R_3R_4}{R_3+R_4}\right)$

2. $(15-10\mathrm{e}^{-0.2t})\mathrm{V}$；$(0.05+0.075\mathrm{e}^{-0.2t})\mathrm{A}$

3. $(2.2+1.8\mathrm{e}^{-5\times10^5t})\mathrm{V}$

4. 16V；54.57kΩ

5. $(8-8\mathrm{e}^{-0.5t})\mathrm{V}$

6. $u_C(t)=(10+90\mathrm{e}^{-0.128t})\mathrm{V}$

   $u(t)=(10+20.77\mathrm{e}^{-0.128t})\mathrm{V}$

   $i(t)=(5-1.15\mathrm{e}^{-0.128t})\mathrm{A}$

   $i_1(t)=(5+10.385\mathrm{e}^{-0.128t})\mathrm{A}$

   $i_C(t)=(-11.5\mathrm{e}^{-0.128t})\mathrm{A}$

6.5 综合测试题

一、填空题

1. $u_C(0_+)=u_C(0_-)$；$i_L(0_+)=i_L(0_-)$

2. 独立；相关

3. 0

4. 长；短

5. 0

6. $f(0_+)$；τ

二、判断题

1. √

2. √

3. ×

4. ×

5. √

三、选择题

1. B　2. A　3. C　4. C　5. B　6. A　7. A

四、计算题

1. 0

2. 10^{-4} s；4×10^{-5} s

3. $i_C(0_+) = i_1(0_+) = 1$ A；$i_2(0_+) = 0$；$u_C(0_+) = 4$ V

4. $i_C = i_1 = (1 - e^{-10^6 t})$ A；$u_C = (4 + 2e^{-10^6 t})$ V

第7章

磁路和铁心线圈

7.1 教学目的和要求

（1）了解磁感应强度、磁通、磁场强度和磁导率等磁场物理量的定义。了解磁通连续性原理和安培环路定律。

（2）了解铁磁物质的磁化及磁滞回线、基本磁化曲线。

（3）了解磁路的基尔霍夫定律及磁路的欧姆定律。

（4）了解恒定磁通磁路的计算方法。

（5）了解稳态下直流和交流铁心线圈的特性。

（6）了解交流铁心线圈波形畸变的情况和磁滞损耗、涡流损耗的性质。

（7）了解交流铁心线圈的电路模型。

（8）了解理想变压器的原理及功能。

7.2 教学内容和要点

7.2.1 磁路的基本概念

磁感应强度 B 是磁场的基本物理量，单位是特[斯拉]，记作 T。

磁通 ϕ 是磁感应强度的通量，单位为韦[伯]，记作 Wb。在均匀磁场中，与磁场方向垂直的平面 S 的磁通 $\phi=BS$，因此磁感应强度又称为磁通密度。磁感应强度 B 的大小与磁场强度 H 有关，也与介质的磁导率 μ 有关，$B=\mu H$。磁场强度的单位为安/米（A/m），真空磁导率 $\mu_0=4\pi\times10^{-7}\mathrm{H/m}$。

7.2.2 磁路的基本定理

磁通的连续性原理：磁场中任一闭合面的总磁通恒等于零，即穿入某一闭合面的磁通恒等于穿出此面的磁通。

安培环路定律：磁场强度矢量 H 沿任何闭合路径的线积分等于穿过此路径所围成的面的电流的代数和。

7.2.3　铁磁物质

铁磁物质的磁性能具有以下特点。

(1) 磁导率 μ 比非铁磁物质大得多。

(2) 存在磁饱和现象，B-H 或 ϕ-I 关系为非线性关系，磁导率 μ 不是常数。因此，电磁器件磁路的分析，通常都要借助铁心磁性材料的磁化曲线。

(3) 存在磁滞现象，磁化后除去外磁场仍有剩磁。

(4) 磁状态与磁化过程有关。交流磁化时的 B-H 曲线为磁滞回线。连接不同幅值的各条磁滞回线顶点所得曲线称为基本磁化曲线。

7.2.4　磁路定律

(1) 基尔霍夫磁通定律：穿过闭合面的磁通代数和恒等于零，即 $\sum \phi = 0$。

(2) 基尔霍夫磁位差定律：磁路的任一闭合回路中，各段磁位差的代数和等于该回路中磁通势的代数和，即 $\sum U_{\mathrm{m}} = \sum HL = \sum NI = \sum F$。

(3) 磁阻 $R_{\mathrm{m}} = 1/\mu S$，单位为 H^{-1}，磁导 $\Lambda = 1/R_{\mathrm{m}} = \mu S$，单位为 H（亨）。

7.2.5　无分支恒定磁通磁路计算

已知磁通求磁通势的步骤如下。

(1) 将磁路按材料和截面不同划分为若干段。

(2) 按磁路的几何尺寸计算各段的截面积 S 和磁场的平均长度 l。

(3) 求各磁路段的磁感应强度 $B(=\phi/S)$。

(4) 按照磁路各段的磁感应强度 B 求磁场强度。对于不同铁磁场物质可查其磁化曲线或磁化数据表，对于空气隙，$H_0 = B_0/\mu_0$。

(5) 计算各段磁路的磁位差 $U_{\mathrm{m}} = HL$。

(6) 按基尔霍夫磁位差定律求出所需磁通势 $F = NI = \sum HL$。

稳态下直流铁心线圈的电源电压是由线圈电阻压降平衡的，即 $U = IR$。正常运行时，特点如下。

(1) 具有恒磁通动势特性，即 U、R 和 N 一定，则 F（或 I）不变。

(2) 只有铜损，没有铁损。铁心可用整块软钢制成。

稳态下交流铁心线圈的电源电压，主要被主磁通在线圈中产生的主磁感应电动势所平衡，且 $U = E = 4.44fN\phi_{\mathrm{m}}$。正常运行时，特点如下。

(1) 具有恒磁通特性，即 U、f 和 N 一定，则 ϕ_{m} 或 B_{m} 基本不变。

(2) 同时有铜损和铁损。铁损除与磁性材料性能、电源频率和硅钢片厚度等有关外，还近似与 B_{m}^2 成正比。为了减少铁损，铁心常采用硅钢片叠合制成。

7.2.6　交流铁心线圈、理想变压器

(1) 对于交流铁心线圈，电压为正弦量时，磁通也为正弦量，由于磁饱和的影响，磁化电流不是正弦量，其波形为尖顶波。若铁心线圈的电流为正弦量时，由于磁饱和的影响，磁通和电压都为非正弦量，$\phi(t)$ 波形为平顶波，$u(t)$ 波形为尖顶波。

(2) 由于磁滞和涡流的影响，增加了磁化电流波形的畸变，且引起磁损耗（铁损），并

出现电流的有功分量。当用等效正弦波表示时,励磁电流为有功分量与磁化电流之和。有功分量其值由磁损耗决定,磁化电流为无功分量,其值决定于铁心的磁化曲线。交流铁心线圈的励磁电流及磁损耗可由实验测定或按经验公式由磁路尺寸计算。

(3)由铁心线圈的电流、电压关系,可以建立铁心线圈的电路模型。

(4)变压器是依据电磁感应原理工作的,变压器具有变换交流电压、电流和阻抗的功能。

① 变换电压:$K = N_1/N_2 = U_1/U_2$(电压变化)。

② 变换电流:在额定负载条件下,$I_{1N}/I_{2N} = N_2/N_1 = 1/K$。

③ 变换阻抗:$|Z'_L| = (N_1/N_2)^2|Z_L| = K^2|Z_L|$。

(5)使用变压器时,必须掌握其铭牌数据。同时还必须了解绕组同名端概念和判别方法,以及绕组间正确连接的方法。

7.3   典型例题分析与解答

例 7-1   一个环形线圈的外直径和内直径各为 0.325m 和 0.275m,匝数为 1500,电流为 2.25A,试分别求介质为空气、铸钢、硅钢片时的磁场强度和磁感应强度(设硅钢的相对磁导率为 7000,铸钢的相对磁导率为 300)。

解   根据基尔霍夫磁位差定律 $\sum Hl = \sum NI$ 得

$$H \times 3.14 \times \left(\frac{0.325 + 0.275}{2}\right) = 1500 \times 2.25$$

$$H = 3582.8 \text{A/m}$$

当介质为空气时 $B_0 = \mu_0 H = 4\pi \times 10^{-7} \times 3582.8 = 4.5 \times 10^{-3}\text{T}$

当介质为铸钢时 $B_1 = \mu_1 H = \mu_0 \mu_r H = 4\pi \times 10^{-7} \times 300 \times 3582.8 = 1.35\text{T}$

当介质为硅钢片时 $B_2 = \mu_2 H = \mu_0 \mu_r H = 4\pi \times 10^{-7} \times 7000 \times 10\,748.4 = 31.5\text{T}$

例 7-2   某磁路的气隙长 $l_0 = 1\text{mm}$,截面积 $S = 30\text{cm}^2$,试求它的磁阻。如气隙中的磁感应强度为 0.9T,试求其磁位差。

解   根据公式 $R_m = \dfrac{l_0}{\mu_0 S} = \dfrac{1 \times 10^{-3}}{4\pi \times 10^{-7} \times 30 \times 10^{-4}} = 2.65 \times 10^5 \text{H}^{-1}$

其磁位差 $U_m = Hl_0 = \dfrac{B_0 l_0}{\mu_0} = \dfrac{0.9 \times 1 \times 10^{-3}}{4\pi \times 10^{-7}} = 716.6\text{A}$

例 7-3   图 7-1 中所示为一直流电磁铁,磁路尺寸单位为 cm,铁心由 D21 硅钢片叠成,叠装因数 $K_{Fe} = 0.92$,衔铁材料为铸钢。要使电磁铁空气隙中的磁通为 $3 \times 10^{-3}\text{Wb}$。(1)试求所需磁通势。(2)若线圈匝数 $N = 1000$ 匝,求线圈的励磁电流。

解   图 7-1 所示电磁铁磁路为无分支磁路。

(1)将磁路按材料、截面不同分成铁心、气隙、衔铁 3 个磁路段。

(2)每个磁路段长度如下:

铁心段 $l_1 = (30 - 6.5) + 2(30 - 3.25) = 77\text{cm}$

衔铁段 $l_2 = (30 - 6.5) + 4 \times 2 = 31.5\text{cm}$

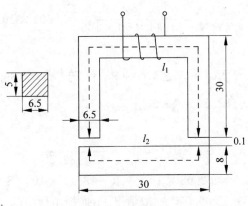

图 7-1 例 7-3 图

气隙段 $l_0 = 0.1 \times 2 = 0.2\text{cm}$

各磁路段有效面积如下:

铁心段 $S_1 = 6.5 \times 5 \times 0.92 = 30\text{cm}^2$

衔铁段 $S_2 = 8 \times 5 = 40\text{cm}^2$

气隙段 $S_0 = ab + (a+b)l_0 = 5 \times 6.5 + (5+6.5) \times 0.1 = 33.65\text{cm}^2$

(3) 各磁路段磁感应强度如下:

铁心段 $B_1 = \dfrac{\phi}{S_1} = \dfrac{3 \times 10^{-3}}{30 \times 10^{-4}} = 1\text{T}$

衔铁段 $B_2 = \dfrac{\phi}{S_2} = \dfrac{3 \times 10^{-3}}{40 \times 10^{-4}} = 0.75\text{T}$

气隙段 $B_0 = \dfrac{\phi}{S_0} = \dfrac{3 \times 10^{-3}}{33.65 \times 10^{-4}} = 0.89\text{T}$

(4) 查基本磁化曲线可得

铁心段 $H_1 = 536\text{A/m}$

衔铁段 $H_2 = 632\text{A/m}$

气隙中的磁场强度 $H_0 = 0.8 \times 10^6 B_0 = 0.8 \times 10^6 \times 0.89 = 0.71 \times 10^6 \text{A/m}$

(5) 所需磁通势

$$F = NI = H_1 l_1 + H_2 l_2 + H_0 l_0$$
$$= 536 \times 0.77 + 632 \times 0.315 + 0.71 \times 10^6 \times 0.002$$
$$= 612 + 1424 = 2036\text{A}$$

励磁电流

$$I = \frac{F}{N} = \frac{2036}{1000} \approx 2.04\text{A}$$

例 7-4 将一匝数 $N = 100$ 的铁心线圈接到 $U = 220\text{V}$ 的工频正弦电压源,测得线圈电流 $I = 4\text{A}$,功率 $P = 100\text{W}$。不计线圈电阻及漏磁通,试求:(1)铁心线圈主磁通的最大值 ϕ_m;(2)铁心线圈串联电路模型的 Z_0;(3)铁心线圈并联电路模型的 Y_0。

解 (1) 由式 $U = 4.44 f N \phi_\text{m}$ 得

$$\phi_m = \frac{U}{4.44fN} = \frac{220}{4.44 \times 50 \times 100} = 9.91 \times 10^{-3} \text{Wb}$$

（2）励磁阻抗

$$Z_0 = R_0 + jX_0 = \frac{U}{I} \angle \arccos \frac{P}{UI} = \frac{220}{4} \angle \arccos \frac{100}{220 \times 4}$$

$$= 55 \angle 83.5° = (6.25 + j54.6)\Omega$$

（3）励磁导纳

$$Y_0 = G_0 + jB_0 = \frac{1}{Z_0} = \frac{1}{55 \angle 83.5°}$$

$$= [2.06 \times 10^{-3} + j(-18.1) \times 10^{-3}]\text{S}$$

其损耗角 $\partial = 90° - 83.5° = 6.5°$。一般情况下，损耗角很小。

例 7-5 已知某单相变压器的容量为 $1.5 \text{kV} \cdot \text{A}$，原边额定电压为 220V，副边额定电压为 110V，求原、副边的额定电流。

解 副边额定电流为 $I_{2N} = \frac{S_{2N}}{U_{2N}} = \frac{1.5 \times 10^3}{110} = 13.6\text{A}$

由于 $U_{2N} \approx U_{1N}/K$，$I_{2N} \approx I_{1N}K$，所以 $U_{2N}I_{2N} \approx U_{1N}I_{1N}$，变压器的额定容量也可以近似地用 I_{1N} 和 U_{1N} 的乘积来表示，即 $S_N \approx U_{1N} \cdot I_{1N}$

故原边额定电流为 $I_{1N} = \frac{S_N}{U_{1N}} = \frac{1.5 \times 10^3}{220\text{V}} = 6.8\text{A}$

例 7-6 在图 7-2 所示中，交流信号源的 $E = 120\text{V}$，内阻 $R_0 = 800\Omega$，负载电阻 $R_L = 8\Omega$。（1）要求 R_L 折算到原边的等效电阻 $R_L' = R_0$，试求变压器的变比和信号源的输出功率。（2）当将负载直接与信号源连接时，信号源输出多大功率？

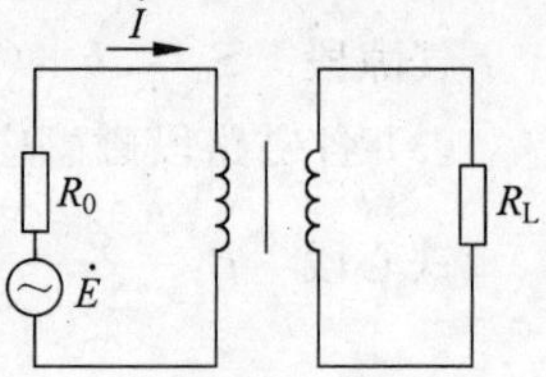

图 7-2　例 7-6 图

解　（1）变压器的变比应为 $K = \frac{N_1}{N_2} = \sqrt{\frac{R_L'}{R_L}} = \sqrt{\frac{800}{8}} = 10$

信号源输出功率为 $P = \left(\frac{E}{R_0 + R_L'}\right)^2 R_L' = \left(\frac{120}{800 + 800}\right)^2 \times 800 = 4.5\text{W}$

（2）当将负载直接接在信号源时 $P = \left(\frac{120}{800 + 8}\right)^2 \times 8 = 0.176\text{W}$

7.4　习题训练与练习

7.4.1　磁路的基本性质、铁磁物质的磁化

一、填空题

1. 铁磁材料的磁导率_____非铁磁材料的磁导率。

2. 电机和变压器常用的铁心材料为_____。

3. 铁磁物质具有_____、_____、_____的特性。

4. 磁感应强度的单位是_____，磁场强度的单位是_____，磁导率的单位是_____。

5. 铁心叠片越厚，其损耗_____。

二、练习题

1. 有一环形线圈在均匀介质上,如电流不变,将原来的非铁磁性材料换为铁磁性材料,则线圈中的磁感应强度、磁通和磁场强度将如何变化?

2. 两形状、大小和匝数完全相同的环形螺线管,一个用玻璃作芯子,另一个用硅钢。当两线圈通以大小相同的电流时,问两者的 B、ϕ、H 是否相同?

3. 已知硅钢片中,磁感应强度为 14 000GS,磁场强度为 5A/cm,求硅钢片的相对磁导率。

7.4.2　磁路和磁路定律

一、填空题

1. 在磁路中与电路中的电势源作用相同的物理量是_____。

2. 磁通恒定的磁路称为_____,磁通随时间变化的磁路称为_____。

3. 若硅钢片的叠片接缝增大,则其硅阻_____。

4. 磁路的基尔霍夫磁通定律的一般形式为_____,磁路的基尔霍夫磁位差定律的一般形式为_____,磁路的欧姆定律的一般形式为_____。

5. 磁位差的单位是_____,磁通势的单位是_____,磁阻的单位是_____。

二、练习题

1. 图 7-3 所示为一由铁磁材料制成的环形线圈,已知其平均半径 $r=15\text{cm}$,电流 $i_1=0.1\text{A}$,$i_2=0.2\text{A}$,线圈匝数 $N_1=500$,$N_2=200$,求环中的磁场强度。

2. 图 7-4 所示磁路的截面积为 $16\times10^{-4}\text{m}^2$ 且处处相等,中心线长度为 0.5m,铁心材料为硅钢片,线圈匝数为 500,电流为 300mA。(1)试求磁路的磁通;(2)如保持磁通不变,改用铸钢片作铁心材料,所需磁通势为多少?(设硅钢的相对磁导率为 7000,铸钢的相对磁导率为 300。)

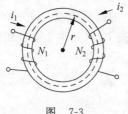

图　7-3

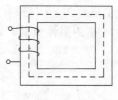

图　7-4

3. 设磁路中有一空气隙,气隙长度为 2mm,截面积为 5cm^2,求其磁阻。如其磁感应强度为 0.9T,试求其磁位差。

7.4.3　交流铁心线圈、铁损

一、填空题

1. 当外加电压大小不变而铁心磁路中的气隙增大时,对直流磁路,则磁通_____,电流_____;对交流磁路,则磁通_____,电流_____。

2. 交流铁心线圈的电压有效值与主磁通的最大值关系式为_____。

3. 铁心线圈的电压为正弦量时,由于_____,磁化电流_____,其波形为_____。

4. 磁损耗包括_____和_____。

二、练习题

1. 有一交流铁心线圈，接在 $f=50\mathrm{Hz}$ 的正弦电源上，在铁心中得到磁通的最大值为 $\phi_\mathrm{m}=2\times10^{-3}\mathrm{Wb}$。若在此铁心上绕以线圈 100 匝。求此线圈开路时的端电压。

2. (1)一个铁心线圈所接正弦电压源的有效值不变，频率由 f 增至 $2f$，试问磁滞损耗和涡流损耗如何改变？(2)如正弦电压源频率不变，有效值由 U 减为 $U/2$，试问磁滞损耗如何改变？

3. 一个铁心线圈的线圈电阻和漏磁通可以略去不计，将它接到电压为 120V 的正弦电压源时，测得电流为 2A，功率为 70W，试求它的铁损、磁化电流及损耗角。

7.4.4　理想变压器

一、填空题

1. 变压器运行中，绕组中电流的热效应所引起的损耗称为_____损耗，交变磁场在铁心中所引起的_____损耗和_____损耗合称为_____损耗。

2. _____损耗又称不变损耗；_____损耗称为可变损耗。

3. 变压器具有变换_____、_____和_____的作用。

4. 空载的变压器，其功率因数_____，而且是_____性的。

5. 三相变压器的额定电压，无论原边或副边的均指其_____，而原边或副边的额定电流均指其_____。

二、练习题

1. 某单相变压器额定容量为 50V·A，额定电压为 220V/36V，试求原、副绕组的额定电流。

2. 一台电源变压器如图 7-5 所示，其原绕组匝数为 550 匝，接 220V 交流电源。它有两个副绕组，一个电压为 36V，接有额定值 36V、36W 的阻性负载；另一个电压为 12V，接有额定值 12V、24W 的阻性负载。试求：(1)原边电流 I_1；(2)两个副绕组的匝数。

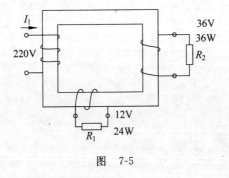

图　7-5

3. 一台三相油浸自冷式铝线变压器，$S_\mathrm{N}=100\mathrm{kV\cdot A}$，$U_{1\mathrm{N}}/U_{2\mathrm{N}}=10/0.4\mathrm{kV}$，试求原、副绕组的额定电流 $I_{1\mathrm{N}}$、$I_{2\mathrm{N}}$。

7.5　综合测试题

一、填空题

1. 磁感应强度与磁场强度的关系式为_____。

2. 按照磁滞回线的形状和在工程上的用途,铁磁物质大体分为_____、_____、_____三类。

3. 某磁路中有一空气隙,气隙长度为 2mm,截面积为 $6cm^2$,则其磁阻为_____。

4. 磁导的单位是_____。

5. 在磁路中与电路中的电流作用相同的物理量是_____。

6. 铁心线圈的电流为正弦量时,由于磁饱和的影响,磁通的波形为_____,电压的波形为_____。

7. 铁磁物质反复磁化一次的磁滞损耗与磁滞回线的面积_____。

8. $1GS=$_____ $T,1MX=$_____ Wb。

9. 变压器主要由_____和_____两部分组成。

10. 变压器的容量是指_____。

二、判断题

1. 铁磁物质的 $B\text{-}H$ 曲线称为基本磁化曲线。(　　)

2. 磁感应强度又称为磁通密度。(　　)

3. 在电机和变压器铁心材料周围的气隙中不存在磁场。(　　)

4. 恒压交流铁心磁路,空气气隙增大时磁通不变。(　　)

5. 相对磁导率的单位是 H/m。(　　)

6. 变压器的损耗越大,其效率就越低。(　　)

7. 变压器是依据电磁感应原理工作的。(　　)

8. 变压器的原边绕组就是高压绕组。(　　)

三、练习题

1. 在匀强磁场中,垂直放置一横截面积为 $12cm^2$ 的铁心,设其中的磁通为 $4.5\times10^{-40}Wb$。铁心的相对磁导率为 5000,求磁场的磁场强度。

2. 由 D21 硅钢片叠置而成的铁心尺寸如图 7-6 所示(尺寸单位为 cm),气隙边缘效应不计,求欲使磁通为 $4\times10^{-3}Wb$ 时所需的磁通势(硅钢的相对磁导率为 7000)。

3. 将一铁心线圈接于电压 $U=100V$,频率 $f=50Hz$ 的电源上,其电流 $I_1=4A$,$\cos\varphi_1=0.8$。将此线圈中的铁心抽出,再接入上述电源,则线圈中电流 $I_2=8A$,$\cos\varphi_2=0.05$。试求此线圈有铁心时的铜损和铁损。

4. 一个铁心线圈接到 $U_S=100V$ 的工频正弦电压源时,铁心中磁通最大值 $\phi_m=2.25\times10^{-3}Wb$,试求线

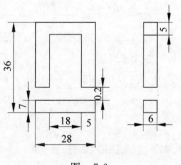

图　7-6

圈的匝数。如将该线圈改接到 $U_S=150V$ 的工频正弦电压源,要保持 ϕ_m 不变,试问线圈匝数应改为多少?

5. 设铁心线圈电阻 $R=2\Omega$,接在 50Hz、120V 交流电源上,电流为 2A,功率表读数为 70W。漏磁通可忽略,求磁损耗和磁化电流有效值。

6. 电阻为 8Ω 的扬声器接于输出变压器的副边,输出变压器的原边接电动势 $E=10V$,内阻 $R_0=200\Omega$ 的信号源。设输出变压器为理想变压器,其原、副绕组的匝数比为 500/100,试求:(1)扬声器的等效电阻 R'_L 和获得的功率;(2)扬声器直接接信号源所获得的功率。

7.6　习题答案

7.4.1 磁路的基本性质、铁磁物质的磁化

一、填空题

1. 远大于

2. 软磁材料

3. 高导磁性;磁饱和性;磁滞性

4. T(特);A/m(安/米);H/m(亨/米)

5. 越大

二、练习题

1. 磁感应强度变大,磁通变大,磁场强度不变。

2. H 相同,B、Φ 不同。

3. $\mu=2.8\times10^{-3}$(H/m);$\mu_r\approx2229$

7.4.2 磁路和磁路定律

一、填空题

1. 磁通势

2. 直流磁路;交流磁路

3. 增大

4. $\sum\Phi=0$;$\sum U_m=\sum F$;$R_m=\dfrac{l}{\mu S}$

5. A(安);A(安)或 At(安匝);H^{-1}

二、练习题

1. $H=95.54$(A/m)

2. $\Phi=14.08\times10^{-4}$Wb;$F\approx1168A$

3. $R_m=3.2\times10^6 H^{-1}$;$U_m=1440A$

7.4.3 交流铁心线圈、铁损

一、填空题

1. 变小;不变;不变;增大

2. $U = 4.44 f N \Phi_m$

3. 磁饱和的影响;不是正弦量;尖顶波

4. 磁滞损耗;涡流损耗

二、练习题

1. $U = 444V$

2. 磁滞损耗增大 1 倍,涡流损耗增大 4 倍;磁滞损耗减小为原来的 $\left(\dfrac{1}{2}\right)^n$, $B_m < 1T$, $n \approx 1.6$, $B_m > 1T$, $n \approx 2$

3. 铁损为 63W,磁化电流为 1.93A,损耗角为 17°

7.4.4 理想变压器

一、填空题

1. 铜;磁滞;涡流;铁

2. 铜;铁

3. 交流电压;交流电流;交流阻抗

4. 很低;感性

5. 线电压;线电流

二、练习题

1. $I_{1N} \approx 1.4A$; $I_{2N} \approx 4.4A$

2. $I_1 = 0.273A$; $N_2 = 90$; $N_1 = 30$

3. $I_{1N} \approx 5.77A$; $I_{2N} \approx 144A$

7.5 综合测试题

一、填空题

1. $B = \mu H$

2. 软磁材料;硬磁材料;矩磁材料

3. $2.65 \times 10^6 H^{-1}$

4. H(亨)

5. 磁通

6. 平顶波;尖顶波

7. 成正比

8. 10^{-4}; 10^{-8}

9. 铁心;绕组

10. 其副边的额定视在功率

二、判断题

1. ×

2. √

3. ×

4. √

5. ×

6. √

7. √

8. ×

三、练习题

1. $H = 5.97 \times 10^{-35} (\text{A/m})$

2. $F \approx 5195\text{A}$

3. 铜损为 40W；铁损为 280W

4. $N_1 = 20$；$N_2 = 30$

5. 磁损耗为 62W；磁化电流为 1.93A

6. (1) 200Ω；125mW　(2) 19mW

参 考 文 献

1. 张洪让.电工基础[M].北京：高等教育出版社,1990.
2. 陈正岳.电工基础[M].北京：水利电力出版社,1996.
3. 周南星.电工基础[M].北京：中国电力出版社,2006.
4. 蔡元宇.电路及磁路基础[M].北京：高等教育出版社,2004.
5. 李立群.电路分析及磁路题解精选[M].北京：中央广播电视大学出版社,1996.
6. 万世才.电工基础与测量[M].北京：中国电力出版社,1998.
7. 王云泉,郑庆利.电工基础例题与习题[M].上海：华东理工大学出版社,2006.
8. 瞿红,禹红.电路[M].北京：中国电力出版社,2008.